我在澳洲喝稀饭

陈铁军 著

无论何种东西，
必须附丽于灵魂，
才能称其为生命

……方言里，管蹲监狱叫"喝稀饭"。
……去了，人们就说他"喝了"。那一
……且这个喝稀饭的地儿，是在大洋那
……利亚的国家。

……子科技大学出版社

图书在版编目（CIP）数据

我在澳洲喝稀饭 / 陈铁军著 . —成都：电子科技大学出版社，2018.4（2021.1重印）
ISBN 978-7-5647-4854-8

Ⅰ.①我… Ⅱ.①陈… Ⅲ.①短篇小说—小说集—中国—当代 Ⅳ.①I247.7

中国版本图书馆 CIP 数据核字（2017）第 182239 号

我在澳洲喝稀饭
WO ZAI AOZHOU HE XIFAN

陈铁军 著

策划编辑 杨仪玮
责任编辑 杨仪玮

出版发行	电子科技大学出版社
	成都市一环路东一段 159 号电子信息产业大厦 邮编 610
主 页	www.uestcp.com.cn
服务电话	028-83203399
邮购电话	028-83201495
印 刷	三河市天润建兴印务有限公司
成品尺寸	155mm×230mm
印 张	12.5
字 数	158 千字
版 次	2018 年 4 月第一版
印 次	2021 年 1 月第二次印刷
书 号	ISBN 978-7-5647-4854-8
定 价	46.80 元

版权所有　侵权必究

目　录

老佛爷的遗产…………………………………………… 001

我曾对你说过爱………………………………………… 046

我在澳洲喝稀饭………………………………………… 061

不能让你就这样走……………………………………… 074

与狼同在的日子………………………………………… 083

老寇的目光……………………………………………… 094

谁管谁叫爸爸…………………………………………… 101

你曾如此深刻地感动过我……………………………… 104

陕北的酸曲儿…………………………………………… 109

老郑州的莲花落⋯⋯⋯⋯⋯⋯⋯⋯⋯⋯⋯⋯⋯⋯⋯ 117

两棵树⋯⋯⋯⋯⋯⋯⋯⋯⋯⋯⋯⋯⋯⋯⋯⋯⋯⋯⋯ 122

农民纪念碑⋯⋯⋯⋯⋯⋯⋯⋯⋯⋯⋯⋯⋯⋯⋯⋯⋯ 133

北方面饭⋯⋯⋯⋯⋯⋯⋯⋯⋯⋯⋯⋯⋯⋯⋯⋯⋯⋯ 148

常平的结局⋯⋯⋯⋯⋯⋯⋯⋯⋯⋯⋯⋯⋯⋯⋯⋯⋯ 164

方顶的绿荫⋯⋯⋯⋯⋯⋯⋯⋯⋯⋯⋯⋯⋯⋯⋯⋯⋯ 173

酒事四题⋯⋯⋯⋯⋯⋯⋯⋯⋯⋯⋯⋯⋯⋯⋯⋯⋯⋯ 180

老佛爷的遗产

1

许多事情，就怕颠三倒四地想。比如这事儿，正着想肯定是坏事，但倒过来呢，说不定就成了好事。我说的这事儿，是指当年修建颐和园。我在对这件事情进行颠倒性思考时，正站在颐和园的十七孔桥上，和这天略偏西的太阳一起，隔着流光溢彩的昆明湖，远远注视着对面的万寿山和佛香阁。

说到颐和园，人们之所以对它有那么多的议论和褒贬，当然是由于它和中国近代海军的那段密不可分又异乎寻常的关系。

事实上，在这之前，中国一直没有真正意义上的海军。作为一个传统农耕国家，几千年来，这个古国一直守望着自己的一亩三分地，自力更生、自给自足，过着老婆孩子热炕头的小日子，虽然拥有漫长绵延的海岸线，却对海洋很少有不切实际的幻想和奢望。因此，它根本不需要开拓万里海疆的海军。要那弄啥？用我们河南话说，还不够耽误瞌睡哩。

直到后来——一个是，两次鸦片战争，西方列强的坚船重炮，越过重洋驶到它家门口，强行打开了它的大门；再一个是，海上邻国日本，经过多年卧薪尝胆，正在不哼不哈地崛起，并越来越露出要与它一决高下的意思。这两个来自海洋的威胁，才终于使它意识到，有海无防是件多么痛苦的事，并使它第一次产生了这样的渴望，那就是一定要拥有一支强大的海军。

这里面特别是日本，我们都知道，日本是个岛国，本就地方小资源少，又不幸正在地震带上，动不动就震上一家伙。远的，咱没见过的就不说了。就说发生在2011年3月11日的9级大震，以及地震引发的排山倒海般的海啸，我们在电视上看到，整个日本东北部几乎满目疮痍。那一系列惨不忍睹的画面，给人最突出、最强烈的感受就是，这几个小岛，已完全不适合人类生存，或者说根本不是人待的地方。我记得当时我就想，我要是日本天皇，还抗什么震救什么灾呀，第二天就把全日本的钱都买成军火，分发给全体日本国民，让他们武装移民，能移到哪儿，有本事移到哪儿，就移到哪儿。

不过，要不怎么说"英雄所见略同"呢！其实早在1867年，日本明治天皇登基伊始，便在他的《天皇御笔信》中，昭示了他的被后人称为对外扩张政策的国家策略，他称为"开拓万里波涛，宣布国威于四方"。实际上跟我的武装移民想法差不太大。正是在这一基本国策指引下,他们先是通过明治维新,脱亚入欧,走上资本主义道路,使国力日渐强大强盛;接着制定了"清国征讨策略",明确了对外扩张的路线图——第一步占领台湾,第二步吞并朝鲜,第三步进军满蒙,第四步灭亡中国,第五步征服亚洲、称霸世界。而且,不是说着玩的,他们几乎是一步一个脚印的,先是吞并了大清的附属国琉球,将之改为日本的冲绳县,取得了进军台湾的跳板;接着进攻大清的另一附属国朝鲜,武力打开了朝鲜国门,并取得了在朝鲜的驻军权……正把"五步走"的梦想按部就班、坚实有力地变成现实。这时候,已经明摆着,你若再不加以阻止的话,以日本民族的性格,说不定哪天一觉醒来,你会大吃一惊地发现,他们竟然真的走到了第四步、第五步。

也就是在这种迫不得已、迫在眉睫的情况下,中国,也就是当时的大清帝国,开始了它的海军建设。

中国这时候建海军,比之西方列强,晚是晚了些,但应该说还算是好时候。这时候的中国,由于在两次鸦片战争中被洋人大嘴巴扇得满脸是血、满地找牙,因此痛定思痛、知耻后勇,也开始知道了自尊自爱和发愤图强。自19世纪六七十年代起,在一帮汉满精英的倡导、带领下,发起了一场以"自强""求富"为口号的,声势浩大、波澜壮阔的洋务运动。经过几十年的不懈努力,竟然使得这个古老帝国回光返照,进入了一个罕见的经济飞速发展时期,出现了为后人津津乐道的"同光中兴"。在这一时期里,大清国的GDP始终排名世界第一,远远超过以英国为代表的欧美列强。由于经济高速发展，晚清政府的财政异常健康，同治时期年均岁入高达白银7000万两，光绪时期更是高达惊人的8300万两。我们知道，军队是钱堆出来的。之所以说，当时的海军赶上了好时候，就是因为这时候的大清帝国有的是钱。

有了钱，还不好说么？就这样，自1861年，这支海军开始筹建，至1888年正式成军，短短27年间，清政府一共投入白银约一亿两，平均每年投入300多万两，约占年度财政的5%~10%，很快用黄澄澄、白花花的真金白银，在世界的东方打造出一支无敌舰队。这支舰队，截止1888年12月17日它宣告成立的那一天，共有铁甲战列舰两艘、巡洋舰和各式炮舰十九艘、鱼雷艇十六艘，以及后勤舰船数十艘，战舰总吨位达四万多吨，全部舰只均购自先进、强大的英国和德国。这，就是后来大名远扬的北洋水师。这支北洋水师可以说是中国历史上第一支近代化海军舰队，它英气勃发的身影一出现，立刻引起全世界一片惊叹。据当年英国出版的《世界海军年鉴》记载，其排名为亚洲第一、世界第六，仅次于英法俄普（鲁士）西。而当时的日本海军，别说在世界上排不上号，就是在亚洲，名次也比不上孙山。这就意味着，一向爱玩大的中国，要么不出手，一出手就跻身于世界海军强国，把对手日本远远甩在了身后。

2

　　大清朝建设这样一支海军，我们说了，是以当时的日本为假想敌，用来震慑和威遏日本的。因此，它建成后第一件事，就像手中握着一条大棒，当然是要向日本挥舞一下，让那个小小倭国知道我堂堂大国的厉害。带着这样的目的，这支海军在它成立两年后的1891年，对日本进行了一次炫耀武力的访问。这次出访，由北洋水师提督，也就是舰队总司令丁汝昌亲自领衔，率领由主力铁甲舰"定远""镇远"，以及巡洋舰"致远""靖远""经远""来远"等，组成的强大混合编队，先后拜访了日本的神户、横滨、长崎等重要港口。北洋水师最重要干将，我们后来耳熟能详的刘步蟾、林泰曾、邓世昌、叶祖珪等，都作为战舰管带，也就是舰长，参加了访问。应该说，这的确是一次耀武扬威、扬眉吐气的访问。别的不说，我们只看"定远"和"镇远"这两艘主力舰。这对姊妹舰，是大清国委托当时最著名的舰舶制造企业、德国伏尔铿造船厂制造的，排水量均高达7000吨，是当时世界最庞大的战舰之一。两舰排水量合计1.4万吨，而当时日本海军总排水量才不过1.7万吨，仅这两舰就约等于了日海军的总和。两舰的装甲，其厚度均超过了35厘米，被誉为堡垒式铁甲舰。在后来的中日甲午海战中，"定远"舰中弹159发，"镇远"舰中弹更是高达220发，整个战舰可谓弹痕累累，但二舰均未丧失作战能力，一直坚持到日海军率先退出战斗，可见其装甲的固若金汤和坚不可摧。而两舰在火力上，更是各装有4门12寸德国克虏伯大炮。这个克虏伯大炮，可以说就是当时世界最先进最强大的火炮了。同样是在甲午海战中，自己身中敌方一两百炮而若无其事，但"定远"舰的克虏伯巨炮只一炮，便将日海军旗舰"松岛"号打得龇牙咧嘴、险些沉没，不得不退出战斗。以这两艘超级海上巨无霸为首的中国海军编队，在这次历时40多天的访问中，可以说每到一处，都令日本朝野一片哗然。特别是，舰队在横滨停泊两周，丁汝昌特意在他的旗舰"定远"号上举行招待会，邀请日本议员、记者和各界人士参加，零距离地向日本展示舰队的威容，令日本人深感震惊和惭愧。日本媒体普遍称，其国内"对强大的中国舰队的威力感到恐怖"。日本当时的法制局长宫尾崎三郎，在参观了"定远"和"镇远"后，更是瞠目结舌道："同行观舰者数人，在回京火车途中谈论，谓中国毕竟已成大国，竟已装备如此优势之舰队，定将雄飞东洋海面。皆卷舌而惊恐不安。"由于这次亮相的成功，这支舰队所到之处，特别是在日本第一大港横滨港，不仅日本军舰鸣炮21响向其敬礼，就连停泊港中的英、美军舰也鸣炮13响向其致敬。一时间，横滨港内礼炮此起彼伏，在这波澜壮阔、蔚为壮观的礼炮声中，我中国一扫两次鸦片战争以来的黯淡和抑郁表情，看上去是那么神采奕奕、神采飞扬。

实际上，在这之前，还发生过一件事。这个事情，一直被我正统国人视为丢人现眼。史书中，能不提尽量不提，实在不提不行了，也尽量闪烁、含糊其辞。不过，此事在我看来，却是北洋水师有生之年所取得的最重大胜利，亦是我中国自鸦片战争后，所取得的第一次外交胜利。

就像俗话常说的，"大灭了日本人的威风，大长了中国人的志气"。这，就是现在已很少有人知道的"长崎事件"。

事情是这样的，在这之前的1886年，当时北洋水师尚未正式挂牌，却已初具规模，并已拥有"定远""镇远"二舰。这年8月，水师的一支混合编队在朝鲜东海海面操演之后，丁汝昌率"定远""镇远""济远""威远"四舰，到日本长崎进行大修。就在这次停泊长崎期间，几名中国水兵到当地一家叫作"丸山家"的妓院嫖娼。可能是想到身后有强大的祖国吧，他们对日本妓女的态度居高临下、甚为傲慢。结果，他们的这种傲慢被日本警察看在了眼里，并视为国家和民族的奇耻大辱。其实，人家花钱来你这儿消费，就是你的二大爷，你就别斤斤计较人家的态度了。偏偏日本人在这一点上跟中国人一样死心眼子，或者可以说就是跟中国人学的——总觉得，对人最大的侮辱就是羞辱人家的女人，而女人被侮辱则是一个人最大的耻辱。结果，警察与水兵发生了冲突，造成一名警察被殴成重伤，一名中国水兵也受了轻伤。本来，事情至此，只不过是一起小摩擦，却没想到日本警察怀恨在心、发誓报复，没几天竟将小摩擦升级成了大争端。8月15日这天，北洋舰队放假，四五百名水兵上岸游玩。由于有了前次教训，丁汝昌专门严令这些大兵，不准携带军械，以免再生事端。却不料这群赤手空拳的水兵上岸不久，便被数百名日本警察和武士团团围住，挥舞刀棍乱砍乱打。居住在附近的长崎市民见状，也纷纷从各自楼上浇倒沸水、投掷石块。只片刻，中国水兵便被打死五人，打伤四十多人，还有几人被日本警察抓走。日本方面，也有三十多名警察、武士和市民受伤。

消息传回舰上，所造成的那种震动和震愕可想而知。丁汝昌愕然片刻，首先反应过来，立刻派人照会日本方面，要求严肃、妥善处理此事，释放被捕的中国水兵，并对死伤水兵予以抚恤。然而，事情都到了这份儿上，日方还措辞强硬、意图反赖，称事态发展到这一步，责任完全在中方，并拒不放还中国水兵。正是日方的这种无礼，将中国水师的愤怒点燃了。从惊愕中醒来的水兵群情激愤，一致要求以牙还牙、以血还血，也就是对日使用武力，为死伤的弟兄报仇。甚至就连水师中的洋教头，英国人琅威理，都力主对日动武。他认为日本海军才刚刚起步，正好可以借此机会将之扼杀在摇篮里，为中国彻底解除这一来自海上的威胁。琅威理在水师中除了担任教习，还是个副提督——舰队副总司令。水师官兵，特别是"定远""镇远"两舰将士，见这个副总司令一主战，竟然不待号令，只管褪去克虏伯大炮的炮衣，并将炮口瞄准长崎市区，进入了临战状态。这一下，可把他们的丁总司令急坏了。你想想，丁汝昌，一个海军军官，哪敢擅自对一个国家开战呀。手忙脚乱的他，只得将此情形报告了国内的李鸿章。而李鸿章由于事关国家尊严，立刻在第一时间做了批示，并召见了日本驻天津领事波多野。你还别说，这个李鸿章，作为一个清朝时候梳大辫子的人，对这件事情的处理还真有些像现代人。他是这样说的："弁兵登岸为狭邪游生事，亦系恒情。即为统将约束不严，尚非不可当之重咎，自不必过为急饬也。"大意是，水兵嘛，成年累月在海上，好不容易上了岸，解决下生理需求也不是什么大不了的事嘛。同时，他对波多野，则语气强硬、充满威胁："如今开启战端，并非难事。我兵船泊于贵国，舰体、枪炮坚不可摧，随时可以投入战斗。"李大人的态度传回舰队，令远在海上的官兵感到极大的鼓舞和振奋。丁汝昌当即下令他的克虏伯大炮对天发炮。刹那间，远海海面火光滚滚、电闪雷鸣，惊天动地的炮声震得大海都颤动了。长崎县知事听到隆隆炮声，一时间竟以为世界末日到了，吓得面无人色。他在县衙里几乎是用哭音叫喊着："放人放人，赶快放人。"这件事情的最后结果是，日方不仅无条件放还我方被捕水兵，而且赔偿我方死伤人员共5.25万元，长崎医院的2700元费用也由日方自理。

3

熟悉这段历史的人都明白，正是中国海军的这两次炫耀武力，就像俗话常说的"骑着人家脖子拉屎"，使日本人感到了刻骨铭心的耻辱，深深刺激了他们的民族心理。日本本来就流行"中国威胁论"，本就打算"五步走"把中国灭掉，如此一来更是煽起了他们的仇华、反华情绪。而日本这个民族，以我们对它的了解，一旦全民族形成同仇敌忾，那是会迸发出非常可怕的力量的。于是我们看到，1891年8月，几乎就在北洋舰队结束访问、离开日本的同时，整个日本便从心底发出了这样的呼喊："一定要打败中国海军！"甚至当时小孩子做游戏，内容也是打败"定远"和"镇远"。而就是从这儿起，我们正讲的这个关于海军的故事，情节进展突然加速，并且走向完全改变了。在"打败中国海军"这一目标激励下，日本很快掀起了一个举全国之力，加强、加快海军建设的热潮。1891年，松方内阁提出了一项高达5860万元的巨额海军投入方案，没想到如此惊人的一笔开支，竟然立刻得到了国会的批准。1892年，新上台的伊藤内阁，更是提出了一个建造10万吨军舰的计划，相当于建造十四五艘"定远""镇远"，没想到如此骇人听闻、丧心病狂的计划，竟然也在第一时间获得了国会的通过。总之从这时起，这个太平洋中的蕞尔小国，竟然连续十年勒紧裤腰带，将财政总收入的四分之一投入到海军中。就这，他们仍嫌不够，1893年，明治天皇毅然宣布，今后每年从内帑，也就是自己的生活经费中挤出30万元作为"海防献金"，用于买舰造舰。为此，他决定每天只吃一顿饭。而他的皇后，则变卖自己心爱的首饰，为海军建设添砖加瓦。天皇和皇后的行动，一时间令全日本热泪盈眶。在他们的带动下，整个日本掀起了一股"海防献金"热潮，短短几天捐款数额即达一百多万。

我们说的转折，就发生在这时候。就在日本轰轰烈烈扩张海军、追赶中国的时候，大清政府又在干什么呢？这个，其实，不用我多说，经过多年的爱国主义教育，现在就连小孩子都对此一清二楚。是的，很不幸，我们不想承认，却又不得不承认，我们也在轰轰烈烈干一件事——修建颐和园。也就是，我此刻正面对的，这座美丽动人的皇家园林。而且，与日本恰成鲜明对照的是，动用的是海军经费。主张这次修建工程的，就是当时中国的最高权力者——慈禧太后。

4

　　这个颐和园，早先叫作清漪园，是乾隆为他母亲修建的。后来在第二次鸦片战争中，英法联军攻进北京城，火烧圆明园时连它也一块儿烧了。之后，慈禧多次想修复它，原因据他们说是"性喜享乐"，但因为费用浩大，忌惮王公大臣的反对，几次都不了了之。直到1886年，老太太眼看快六十了，光绪皇帝也已经十好几了，也就是到了可以亲政的年纪了，王公大臣都想让她结束垂帘听政，早点儿退二线，把权力交给光绪。而慈禧，也因两次垂帘听政长约半个世纪，实在不好意思再在帘儿后待着了，也同意了去做离退休老干部。就在这时，她再次想起了清漪园，于是提出条件——让我走可以，但得给我个园子，以供我"颐养天年"。这次，重修工作终于被提到了议事日程上。

　　这事儿，如果说句公道话，我觉得真不能赖慈禧。为啥呢？我说了，慈禧起意重修，已经不是一天两天了，但之所以光打雷没下雨，就在于顾忌反对的声音。这时候，如果有几个敢对国家民族负责任的人，站出来喊一声："不能这么做！"说不定老太太一听，这声音如此慷慨激昂、大义凛然，很可能就改主意了，也就不会有后来的用海军经费修园子的事了。谁知道，正相反——老太太这个条件一提出来，听到的不是反对声，而是从光绪皇帝一直到王公大臣，众口一词、异口同声地赞同，那声音之整齐、之响亮、之美妙，就连老太太自己都没想到，都被闹愣了。

实际上，类似的事情已经不是第一次发生了。我们说了，慈禧先后两次垂帘听政。头一次，是在同治时期。她儿子同治继承皇位时年仅六岁，她以皇上年幼不能主事为由，越俎代庖一直到同治十七岁。二次则是在光绪时期。她侄子光绪即位时更小，年仅四岁。她又鸠占鹊巢一直到光绪十八岁。早在第一次垂帘听政时，同治皇帝因为一直生活在她的阴影下，早已对她的耳提面命和颐指气使不胜其烦。后来同治终于成人，她不得已卷帘归政，把权力交还同治。那次，她就提出同样的条件，要一座园子过离退休生活，而且更加狮子大开口，要的竟是刚被英法联军烧毁不久的圆明园。也就是说，同治想叫她走人，可以，但必须把圆明园修好让她住进去。圆明园遗址，现在还在北京西北郊，去看过的人都知道，简直就是一片废墟、满目疮痍。要把那样一个地方修得能住人，那么大窟窿得多少钱朝里填哪！可同治，竟然不顾财政困难，嗝儿都没打一个就答应了。以议政王奕䜣为首的王公大臣表示反对，他们都是朝廷的柱石之臣，他甚至不惜将他们统统免职。可见，同治对这个一直坐在自己身后的人，在内心里厌恶到何种程度。只要能把这位神送走，别让她再跟这儿碍手碍脚，给她盖多大的庙、烧多高的香都行，他都心甘情愿、在所不惜。而光绪，这时候的想法，跟当年的同治差不多。也就是说，这对堂兄弟，不论是堂哥修圆明园，还是堂弟修清漪园，实际上都是怀着一种送瘟神心理，在搞慈禧老太太的鸡毛儿，想把老太太抽着屁股抽出去。清漪园的重修，前后耗时三年。建成后，慈禧亲自为园子改名为"颐和园"。颐者，就是休养、保养之意；而和，就是谐调、平静的意思。

也就是说，在日本举全国之力建设海军的时候，我们却在为一个老太太建造一个休养、保养精气神儿的地方。

5

那么，这次重修颐和园，又是怎么和海军军费扯到一起的呢？据说是这样。重修是定下来了，但怎么修？以什么名义修？所需的钱从哪儿来？令人颇费心思。因为，就是在封建社会的那时候，也不是谁想干啥就能干啥的，也要考虑会不会招来怨声和骂声。特别是在慈禧、光绪的时代，已经有了康有为、梁启超这号"自由派"，也就是专门跟领导唱反调，领导说好他偏说坏，领导说黑他偏说白，以此来显示自己的出类拔萃和卓尔不群。这种人最大的特点就是癞蛤蟆爬到大腿上——不咬人光恶心人。你敢有把柄落在他手上，他不弄得你一臭八道街他都不是人。正因为忌惮着这样的搅屎棍，工程迟迟不能动工。

就在这时候，冒出来一个机灵人。此人，乃是醇亲王奕譞。奕譞时任大清国海军衙门总理，总管全国的海军和海防。我们知道人才分两种，一种叫作事务性人才，一种叫作创造性人才。而奕譞这货，绝对是个创造性人才。我要是哪天当领导，一定会亲信和重用这种人。就在人们找不着窟窿繁蛆时，这货灵光一闪、灵机一动，想出来一个好主意。颐和园昆明湖，早先叫作瓮山泊，清军的键锐营、火器营等曾在湖上进

013

行过水上操练。后来，可能因为水面局促，练不出什么名堂吧，这种操练被废除。他在给慈禧太后的《奏请复昆明湖水操旧制折》中，异想天开地以海军大臣的名义，建议将这一湖水再次利用起来，成立一所昆明湖水师学堂，训练水师学堂的学员，让湖面重新成为水师操练的场所。如此——既然要在这儿练水师，环境当然要好好整一整。而且，将来水师练成后，还要请皇上、皇太后阅兵，不整得像样点儿怎么行。因此，他在给慈禧的后续奏折中，理所当然、顺理成章地写道，"因见沿湖一带殿宇亭台半就颓圮，若不稍加修葺，诚恐恭备阅操时难昭敬谨"，因此"拟将万寿山及广润灵雨祠旧有殿宇台榭并沿湖各桥座、牌楼酌加保护修补，以供临幸"。奕譞的这个主意，真配得上后来电影《地道战》中的这句话："高！实在是高！"它执简驭繁、举重若轻，不仅很轻易地就解决了重修的名义问题——为了训练水师、建设海军，这名义是多么的冠冕堂皇啊，而且捎带脚地又解决了经费的来源问题——水师学堂是海军的事，海军的事当然要由海军来出钱。正因为此计太高了，慈禧一看便心领神会、满心欢喜，当天就在奏折上批了两个字："依议。"据说，这是她垂帘听政半个世纪来，批阅文件最快的一次。就这样，重建工作匪夷所思地在海军的主持下，轰轰烈烈地开始了。

重建工作，从1886年开始，到1888年大致完工，前后耗时三年多。重建之后的颐和园，用现在导游小姐的解说词说："景区规模宏大，占地面积2.97平方公里，主要由万寿山和昆明湖两部分组成。园内建筑以佛香阁为中心，有景点建筑物百余座、大小院落十余处，共有亭、台、楼、阁、廊、榭等不同形式的建筑3000多间。古树名木1600多株。其中佛香阁、长廊、石舫、苏州街、十七孔桥、谐趣园、大戏台等，都已成为家喻户晓的代表性建筑。"1889年，工程全部竣工之日，慈禧老太后在此举行了盛大阅兵式。"检阅台"在南湖岛的披绿环翠的楼阁上。三千名昆明湖水师学堂毕业生，驾驶数十艘小火轮，在碧波荡漾的湖面上往来驰骋。他们与岸上的陆军官兵一起，向老佛爷摇旗呐喊、欢呼致敬。据说，看到大清海军如此声势浩大、威风八面，作为全军最高统帅的老太后当时高兴得什么似的。

6

那么，慈禧修这个园子，一共花了海军多少银子呢？这个，由于已是陈年旧账，如今已经很难查得清楚了。我这里，有几份比较权威的统计材料，都是后来的史学者在古书里扒拉来扒拉去，帮着老太太算的。这些材料，最多的说有8000万两，最少的说有700万两，说得较多的则是有3000多万两。我们权且少数服从多数，采信这个3000万两说。3000万两又是个什么概念呢？我这里还有一份材料，称北洋水师主力舰，令日本闻风丧胆的"定远"和"镇远"号，当初购买时一共才花了340万两。这样算来，3000多万两大概可以再买20艘这样的巨舰。以它们为主力，可以再武装起十支北洋水师。十支啊，你想想！那样一来，中国海军就不只是亚洲第一了，而是前无古人、后无来者的世界第一。什么英法俄普西，再搭上奥斯曼、意大利和美利坚，加一块儿也不是它的个儿。

可惜啊可惜，由于这样一大笔钱被老佛爷投向了后花园，就在日本海军建设疯狂提速的同时，从重建开工的1886年，一直到甲午战争爆发的1894年，中国海军在长达六年的时间里，再没增添过一砖一瓦、一针一线。而这六年，恰是世界海军造舰水平和火炮技术日新月异、飞速发展的六年，各国海军几乎都在忙不迭地升级换代。别的不说，就说火炮吧，北洋水师由于成军较早，军舰购买得也早，"定远""镇远"的克虏伯大炮，威力虽大却射速缓慢。这在当初不是问题，因为那时还没有速射炮。自从19世纪90年代，速射炮问世并装备各国海军，这个问题一下子变得突出和严重了。这种新炮的射速可达每十分钟七十发，比旧式大炮足足提高了五倍。如果用个通俗、形象的比喻，这就等于你打人家一拳，人家打你五拳。日本海军，不仅新舰全部装备这种炮，就连老舰也都改装、补装了这种炮。中国海军，虽说那时间还留着长辫子、穿着马褂子，却也一下子认识到了大势不好。在这个升级换代的时代，不升级不换代就意味着落后，落后就意味着挨打。新船新舰不给买，买几门这样的新炮也行呀，也不至于光挨打，连手都难还、招都不递呀。为此，李鸿章专门给朝廷写了个奏折，请求购买一批新式速射炮，安装在北洋水师渐渐老态的军舰上。这批炮，李鸿章的计划是一共21门，"定远""镇远"各装6门，其余安装在其他舰上。很可能，李鸿章在提出这一请求时，已经考虑到了这笔钱不好要，他在奏折中甚至建议，如果无法一次购买，可以分两次，第一次先买12门，安装在"定远"和"镇远"上。也就是，先把主力舰的火力改善一下，其他的等以后有钱了再说。那么，这些炮需要多少钱呢？据李鸿章造的预算，21门炮，连同炮弹，一共才不过61万多两，第一批12门炮仅需35万多两。这对于一个大国来说，这对于一个修个花园都敢花几千万两的大国来说，简直就是沧海一粟、九牛一毛。可没想到，就连这么点儿小钱，朝廷也今儿个推明儿个，明儿个拖后儿个，直到最后也一个子儿没给。而这时，发生这件事的时候，已经是公元1894年，也就是中国农历的甲午年，距离中日海军的海上决战已经近在咫尺了。

事实上，在中日争雄的这关键六年里，中国海军不仅"未添一舰"，整个海军的军费，每年也只有区区100万两。说个不好听的，就这点儿钱，只够勉强维持北洋水师舰船、基地的维护，甚至就连水师人员的薪饷都无法支付。水师人员每年的薪饷，据说都是由海军衙门在军费之外想法筹集的。也就是说，在这整整六年里，中国海军只能隔着海洋，眼睁睁地望着日本人热火朝天、日新月异地买舰买船、鸟枪换炮。看过老电影《甲午风云》的人，可能都对大战中国海军的日本"吉野"舰记忆犹新。这艘吉野舰，是由英国阿姆斯特朗公司设计建造的，舰长110米，甚至超过了中国体形最大的"定远"和"镇远"舰，时速高达惊人的23节，是其时世界上航速最快的水面军舰，并由4门6寸速射炮和8门4.7寸速射炮组成了世界最强大的舰载火力。这些火炮，恰是李鸿章和中国海军梦寐以求却求之不得的。它的速度和火力，在甲午海战中发挥了巨大作用。我们看到，它在电影中，不仅击沉了中国猛舰"致远"号，而且击毙了北洋悍将邓世昌，成就了邓世昌民族英雄的英名。但是，当我们看到它在海面上所向披靡，打得中国海军丢盔弃甲时，又有谁知道，其实这艘军舰，最初是阿姆斯特朗公司专为中国制造的，完全是由于中国海军拿不出钱、买不起它，最后才被日本买走的。日本购买"吉野"号，是不是用的天皇和皇后省吃俭用的钱，不得而知。但中国订购了又买不起，后来的史学者则完全归咎于了慈禧，认为主要原因，都是她把海军军费用在了颐和园。就这样，经过六年的龟兔赛跑，亚洲海面上的军事格局完全改变了。本来跑在前面的中国，昏睡六年之后落在了后面。而本来落在后面的日本，经过六年奋起直追，海军力量则一跃升至世界第十一位，令欧美都感到瞠目结舌，不得不刮目相看。

熟知这段历史的人，在游览颐和园时，都必要看一看著名的石舫。而今，我就站在这座石舫前。石舫名曰"清晏舫"，想必是寓"河清海晏"之意，寄托着人们对和平、安宁的祈愿。它完全由大理石堆砌、雕刻而成，船长36米，船上建有两层西式船楼，楼角屋顶雕梁画栋，楼窗装饰彩色玻璃，船甲板则由清一色花砖铺设，整个舫船漂浮在斜阳浸润、姹紫嫣红的湖面上，看上去是那么富丽堂皇、动人心魄。说不清这是第几次站在石舫前了，只记得每当看到这艘石造巨艟，我，都像许许多多国人一样，内心充满了悲愤。

是的，我要用的正是这个词——悲愤。而这种悲愤，我得说，正是我很久以来，对待颐和园的感情和态度。不是么？石舫很好、很美，它却是用我们的海军和海防换来的。因此，很久以来，我都和熟知这段历史的人一样，在心里把它看作是一种符号——见证封建统治阶级荒淫无度和昏庸无道的符号，缩影中国海军坎坷遭遇和不幸命运的符号，象征我民族所蒙受的长达百年的奇耻大辱的符号。自从一百多年前，那个叫慈禧的老太婆，把我海军的战舰，变成了搁浅在岸边的、永远也出不了海的石船、死船，我们便再也没有停止过挨打、受气、流血和流泪。因此我，就像无数忧国忧民的仁人志士一样，每当看到这座石舫，就会联想到它的拥有者，每当想起它的拥有者，都会在心里悲愤地唾骂——罪人！罪人！千古罪人啊！

7

我们，没法儿不恨、不骂。因为就在这座石舫建成不久，时间来到了公元1894年，也就是中国的农历甲午年。就在这一年，一直互为敌手、暗中较劲的中国和日本，终于爆发了惊心动魄的海上大决战。中国叫作甲午战争，日本叫作日清战争。关于这场战争的来龙去脉和主要过程，大部分中国人都已耳熟能详，在这里就不再回首回顾。我们只看我海军北洋水师的最后结局。

这场战争，涉及北洋水师的，大约有两个战役。第一战役黄海海战，发生在9月17日，地点在鸭绿江口大东沟一带的黄海海面。这场战斗，虽说是双方主动寻战的结果，但因大海茫茫、邂逅仓促，实际上是一场毫无章法的混战。战斗自12时50分开始，双方刚一开打，我旗舰"定远"号即被击中起火，舰队司令丁汝昌也被烧伤。尽管丁汝昌拒绝被抬下船舱，带伤在甲板上督战。但他所能做的，也就是做个榜样、鼓鼓士气而已，因为这时他已与舰队失去联络，完全无法对各舰发号施令。在接下来的激战中，由于中日海军都已今非昔比，一个青春勃发一个老态龙钟，很快出现了我们在前面形容的，我们打一拳、人家打五拳的局面，这使得决战变成了一边倒。应该说，我海军官兵在这场战斗中，表现还是异常英勇的。开战刚刚半小时，我舰"超勇""扬威"号即被击中起火，"超勇"号当场沉没，管带黄建勋掉落大海后，我方舰船见状驶近相救，并向他抛出救生圈，但其坚决不就，毅然死难，其舰上水兵也大部牺牲。不久"扬威"号也跟着沉没。击沉我二舰的，就是"吉野"号领衔的日海军第一游击队。"吉野"，这艘中国人失之交臂的战舰，在这次战斗中为日本大开"杀戒"，让我们饱尝了后悔药的苦滋味，在击沉"超勇""扬威"后，又率队直扑我旗舰"定远"。我方"致远"——也就是邓世昌管带的那艘名舰——奋勇迎战，只一瞬便被它的速射炮打得遍体鳞伤，舰身多处起火并倾斜。邓世昌眼看"吉野"一马当先、横冲直撞、无人能敌，恨得眼睛都红了。他愤怒地说："倭舰专恃'吉野'，苟沉是船，则我军可集事。"毅然命令他的"致远"开足马力，全速全力撞向"吉野"，准备与之同归于尽。但在途中被敌密集炮火击中、击沉，全舰官兵除七名遇救外，其余全部死难。"致远"沉没后，我"经远"舰前仆后继，继续迎战，又遭敌舰"吉野""浪速""秋津洲""高千穗"围攻。"经远"奋不顾身,以一敌四,苦战良久。最终,管带林永升"突中炮弹,脑裂阵亡",整个舰身被打得千疮百孔,沉没于黄海海面,全舰二百多人,除十六人遇救外,其余全部阵亡。"致远""经远"的沉没,立刻动摇了我海军的作战信心,"济远"管带方伯谦、"广甲"管带吴敬荣见势不好,擅自逃离战场。"靖远"和"来远"号,也因中弹过多、无法再战,不得不退出战斗。海军的英勇,并不能阻挡失败的厄运。这次发生在黄海的大海战,历时五个多小时,最终结果是我海军损失五舰,其中"广甲"舰为逃跑时触礁沉没,死伤官兵一千多人,遭到了刻骨铭心的惨败。这是北洋水师成军以来,第一次,也是唯一一次出海作战。自那以后,这支曾经风光一时的舰队,元气大伤、一蹶不振,一直躲藏在基地威海港内,再也没有出过海。唯恐一出去,不容分说又挨一顿打。日本人由此夺取了黄海的制海权。

第二战役,就是威海卫保卫战。去过威海的人,一定都去过刘公岛,那里就是北洋水师当年的根据地。黄海海战失败后,水师残部为了保存实力,一直龟缩在这片弹丸之地,连正常的巡海都放弃了。但,并不是说你不出来,人家就不打你了。事实是,人家若想打你,你就是不出来,也会打到你家里。1895年新年刚过,日本海陆军便发起了对北洋水师的联合作战,其实也就是最后一战。1月20日,由日陆军两个师团组成的"山东作战军",从威海侧翼的荣成登陆,从后方突袭猛攻威海卫。经过十余天的激战,最后突破清军防线,占领威海全城。此举将刘公岛一下子变成了孤岛,彻底隔绝了北洋水师与大陆的联络,使之失去了一切后援。2月3日,日海军集中优势舰船,自海面向刘公岛发起总攻。与此同时,岸上的日陆军也利用其占领的威海炮台,调转炮口猛轰刘公岛,为海军提供火力支援。这时,实际上北洋水师还有舰只二十多艘,但因被敌火力封锁在港内,这些本应横行海上的战舰,包括"定远""镇远"这样的铁甲巨无霸,只能当作水上炮台使用。想想这是何等窝囊,说出来又是何等丢人。不过,即使只是作为炮台,我海军官兵仍然打得勇猛无畏,特别是"定远""镇远"的克虏伯大炮,以最大嗓门儿吼出了它们威武不屈的声音,共击中、击伤日舰"筑紫""葛城""松岛""桥立""浪速""扶桑""千代田""秋津洲"等多艘。但这并不能改变已经注定的失败命运。战至2月17日,也就是半个月时,北洋水师不仅伤亡惨重,而且弹尽粮绝,终于迎来了它的最后时刻。主力"定远""镇远"二舰,此刻已创伤累累。其中旗舰"定远"弹药早已告罄,并且被鱼雷击中搁浅。管带刘步蟾怕战舰被俘资敌,只得忍痛下令炸舰自沉,他本人也于炸舰后自杀殉国。"镇远"则于刘公岛陷落之日落入敌手,与同时落入敌手的我"济远""平远"等舰一起,编入日本海军序列。"定远""镇远",这对曾经威风、显赫一时的姊妹舰,就这样于一瞬间土崩瓦解。日本民族经过八年的卧薪尝胆、发愤图强,终于实现了他们最大的梦想——就连小孩子做游戏时都念念不忘的,打败"定远"和"镇远"。可以说,"定远"和"镇远"的盛衰变化,是中日两国,特别是两国领导人慈禧太后和明治天皇共同酿出的一杯酒，只不过它对于日本是美酒，对于中国却是苦酒和毒酒。它们的悲剧命运，就像一个粗黑的感叹号，划在中日海军故事的结尾处，看上去是那么触目惊心，那么振聋发聩，那么引人深思，那么发人深省。

"定远"引爆自沉后，舰队司令丁汝昌自知大势已去，下达了一道最为悲壮的命令，命令手下官兵炸沉所有舰船。实际上，这等于他已承认失败，要玉石俱焚了。但这时，已没人再听他的号令。由于日本的攻势极具威慑力，一些吓破了胆的人已决意投降。他们生恐炸沉舰船后，空手降敌，"取怒倭人"，因此拒不执行这一命令。不仅公然抗命，而且公然反叛，威逼丁汝昌率整个水师降日。这些人是何人？据材料说，都是在北洋水师服务的外籍船员，他们包括美国人浩威，英国人泰莱、克尔克，德国人瑞乃尔等。外籍船员，实际就是在我们船上干活儿的洋打工仔。我至今弄不明白，几个洋打工仔，怎么敢、怎么能胁迫我们的舰队司令——枪杆子都在我们手里？但材料上就是这么说的。结果，先是丁汝昌在他们的胁迫下，因为宁死而不愿投降，最后自杀殉国。接着舰队推举"镇远"管带杨用霖为临时司令，杨用霖也在他们的胁迫下，因为不愿降而自杀。等于几个打工的，逼死了两位总司令。最终，竟由浩威起草了一份投降书，假托丁汝昌之名向日乞降，并与日本人签订了《威海降约》。2月17日，也就是该降约签订第三天，日海军在刘公岛登陆，威海卫海军基地全部陷落，曾经号称亚洲第一、世界第六的我北洋水师，至此全军覆没、灰飞烟灭。

说到这儿，就是你，能不恨、不骂么？

特别是，甲午战争的失败，最终结果是清政府与日本签订了《马关条约》。这个《马关条约》的主要内容，就是我们常说的割地赔款。它规定，中国割让辽东半岛、台湾省及附属各岛、澎湖列岛给日本，并赔偿日本战争费用白银二亿两。同时规定，日本军队不但要暂行占领威海卫，中国还要向其支付每年五十万两占领费。也就是说，你踢开我家门，跑到我家里来吃喝拉撒睡，我还得倒找你钱。这是何等之耻，何等之辱啊！我相信，只要是个差不多的中国人，看到这儿没有不指着名道着姓骂娘的。骂谁呢？当然是骂这事的事主——慈禧。

按说，自从鸦片战争以来，中国人在外交上的失败一个接一个，不知签订了多少丧权辱国的条约，许多条约比《马关条约》更吃亏更丢人。但是我们并没看到有谁，像慈禧似的背上如此之大的骂名。慈禧的倒霉之处就在于，就那么巧，她正好挪用海军的钱修了颐和园，我们的海军正好就遭到了可耻的失败，致使日本人把刀架在我们脖子上，迫使我们不得不接受了如此不平等的条约。这自然而然的便会使人产生这样的想法——都怪这个老妖婆！若不是她把海军军费修了花园，我们的海军怎会如此面黄肌瘦、弱不禁风，怎会败给三寸钉枯树皮的小日本，我堂堂大国怎会蒙受《马关条约》这样的屈辱？真是把祖宗十八代的脸都丢尽了。

这一百多年，一茬儿一茬儿的国人就是这么想的。慈禧后来七十大寿时，章太炎曾做过这样一副对联，他老兄这副对联完全代表了我们的想法，上联曰："今日到南苑，明日到北海，何日再到古长安？叹黎明膏血全枯，只为一人歌庆有。"下联曰："五十割琉球，六十割台湾，而今又割东三省，痛赤县邦圻益蹙，每逢万寿祝疆无。"似这种倒行逆施、祸国殃民之人，教我如何不骂她？就这样，老太太的骂名，一背背了一百多年。

8

当然，后来，渐渐开始有人，特别是有文化有头脑的人，提出这样的问题——如果慈禧不挪用海军军费，是不是大清国海军就能威震四方，并在甲午战争中一举击败日本呢？这一突然、突兀的提问，就如一盆冷水兜头泼向那些打了鸡血的人们，人们的热血、热情被冰水一激，猛地打个寒战的同时，这才开始认真、郑重地思考如何作答。这么一思考不当紧，他们得出了一个不愿面对、却又不得不面对，不愿承认、却又不得不承认的答案。那就是不能。

是的，不能。这是一个多么痛心、痛苦的回答呀。但这却是无法改变的现实。别说中日两国，中国打不过日本，甲午战争结束不久，就连比中国更强大甚至强悍的俄国，也同样打不过日本，因为几乎就在同样的地方，又爆发了日俄战争。日俄战争爆发于1904年。这时的俄国，可以说是名副其实的超级帝国。它占有全世界陆地面积的17%，总人口约1.4亿，特别是它的海军，拥有各类战舰200多艘，仅一个太平洋舰队就有战舰60多艘，是实力仅次于英法的第三海军大国。而日本，它的国土面积，我们就不用再说了，它的总人口仅有4000万，只是俄国的零头，最可怜的是它的海军，拢一块儿才有舰只七八十艘，就这还是用甲午"赢"来的钱发展的。仅凭数字你就能感到，这俩国根本就不是同一个重量级的。当时许多人都觉得，它们若打起来肯定是一场一边倒的战争。谁知道现实却正相反，一边倒是一边倒，倒下的却不是小日本，而是大俄国。这场战争，因为本文是说海军的，这里还是只说有关海军的部分。先是，弱小的日本海军先声夺人、反客为主，把强大的俄海军太平洋舰队由海上打回旅顺港，并扎扎实实地封锁在旅顺港内，甚至整个战争期间都没怎么敢露头，露头就打，露头就打。最可笑的是，日本打得俄军为防止日舰冲进港内，在沿海遍布水雷，最后这些水雷竟把他们自己的舰队司令马卡洛夫炸死。接着，俄国沙皇为了增援被困旅顺的太平洋舰队，从他的波罗的海和黑海舰队中抽调精锐战舰约60艘，其中包括后来参加了十月革命的"阿芙乐尔"号巡洋舰，组成了一支"太平洋第二舰队"，绕经非洲好望角向远东驶来。但这支浩浩荡荡的舰队，经过200多天日夜兼程的海上航行，刚刚到达远东海面，在日本和朝鲜之间的对马海峡甫一露头，即遭到日本海军的迎头痛击。战斗于1905年5月27日凌晨开始，一直打到第二天中午。在日海军切瓜砍菜般的打击下，这支大国舰队很快被打得晕头转向、七零八落，包括旗舰"苏沃洛夫公爵"号在内的大部分战舰都被击伤、击沉，其余舰只只得向海参崴方向突围。次日上午，残余的俄舰队再次被日舰追上，遭到更为猛烈的攻击。舰队司令涅鲍加托夫只得决定投降。但日舰接到投降信号后不予理睬，继续进行毁灭性的炮击，直到俄国的剩余军舰全部耻辱地挂出日本国旗为止。最终，这支庞大的俄国海军编队，只有三艘舰船冲出罗网逃进海参崴，其余全部被击沉和俘获。而日本只付出了损失三艘鱼雷艇的微小代价。至此，号称世界第三的俄国海军遭到了彻底的失败，而看似不堪一击的日本海军则取得了绝对的胜利。这一败一胜，不仅令俄国威风扫地、颜面丧尽，还导致其国内爆发了一系列反政府活动，如内政部长普勒韦被暗杀，彼得堡的"星期日惨案"，战舰"波将金"号的哗变等，险些颠覆了沙皇政府的统治。这一系列活动，被统称为俄国1905年革命，人们都将其视为1917年"十月革命"的预演。这次日俄战争的结局，可以说震惊了整个世界。它使人们第一次看清了，这个叫日本的东方小个子，挑战世界的姿态、勇气和力量。

而中国人，特别是有文化有头脑的那部分人，从这次战争中所取得的收获是，终于认清并接受了这样一个现实，那就是——似中俄这样的强大国家，最终败给小日本，绝对不是简单的军事失败，而是更为可怕的政治失败。中俄虽然貌似强大，却都是腐朽没落、日落西山的封建专制国家，其中俄国甚至才刚刚废除了农奴制。而日本，经过明治维新，"脱亚入欧"，已经走上了资本主义道路。

实际上一直到现在，仍有人不甘不忿地问，当时中日真打起来谁能胜？在这里，我可以再一次告诉你，这个问题在一百多年前就有答案了。我们知道，战争通常分三个阶段。第一阶段是拼技术。这个我们不得不承认，日本在技术方面一直都比我们强。因此在开始时，他们肯定会沾点儿光，我们可能要吃点儿亏。第二阶段是拼实力。而这个，不是我们吹，他一个蕞尔小国、贫瘠之地，我们不论人力资源、物质资源都深厚他一百倍。如果战争能坚持到这个阶段，他们越打越没后劲儿，我们的综合国力终于焕发出来，那孙子肯定就不是个儿了。第三阶段是拼政治。实际上所有战争拼到最后都是拼政治。谁的政治体制优越，谁就会获得最终的胜利，反之则将遭到可耻的失败。当时我们还是封建社会，而日本已经进入了资本主义。关于这一点，按历史唯物主义的原理——资本主义必胜，封建主义必败，这已是不可抗拒的历史潮流和历史规律。不管前途多么曲折、坎坷和泥泞，资本主义都定将打败封建主义。

也正因为如此，我说的那些有文化有头脑的人，终于产生了这样的政治觉悟，那就是我们若想战胜日本，唯一的办法和出路，就是革命。在这种政治觉悟的引领、驱动下，中国出现了一股前所未有的变革热潮。先是有一些人，积极尝试对原有体制进行政治改良，扩大资产阶级政治权力和发展资本主义经济，从而使中国走向民主、富强和独立。这就是我国近代史上有名的"戊戌变法"。接着又有一些人，由于改良运动的失败，索性走上了更为激进的变革之路，那就是以革命推翻原有体制和政府，在废墟上重新建设新社会。这些以孙中山等为首的革命者，不仅推崇日本、学习日本，甚至连革命的大本营都放在了日本。他们前仆后继、拳打脚踢，终于造成了满清王朝的覆亡，为中国两千多年的封建帝制画上了句号，把我中国由古代带进了近代。当然这都是后话了。

这部分人，由于政治觉悟高，因而很早就认识到，中国的失败在于政治落后，跟海军多几条少几条船没关系，跟慈禧花不花海军的钱没关系，很显然他们早已不再揪着慈禧的小辫子，为这事儿再骂人家老太太了。但，这都是中国有文化有头脑的人，数量少而又少。就像千千万万、绝大多数国人一样，一直到改革开放几十年的现在，每当我来到颐和园，伫立万寿山上佛香阁前，望着脚下层层叠叠、金碧辉煌的建筑群落，以及远处碧波粼粼、翠拥绿抱的湖光岛影，心情不是豁然开朗、飘飘欲仙，而是异常得郁闷、痛苦和沉重，甚至把眼前这座美丽园林，比作殷纣王的鹿台、秦始皇的阿房宫，恨不能再来一帮陈胜吴广或者八国联军，一把火把它烧个一干二净——烧了也比让它在这儿误国强。"呜呼——"这是我面对此园，感的最多的叹和慨，"灭六国者六国也，非秦也；族秦者秦也，非天下也"。这种情绪一直持续到1998年。

我的意思是说，直到1998年，由于一个意想不到的事件，我对颐和园的认识，才突然发生了——可以说是颠覆性的——改变。

9

是的，我记得很清楚，那是1998年的冬天。那天，我正乘坐拥挤的公交车，到我们城市另一头去办事。忽然间，我听到一个温润的女声，仿佛贴在我耳边对我说："日前，我国北京的古代园林颐和园，被联合国教科文组织评为世界文化遗产……"我东张西望地在人群中寻找着，半天才意识到，那是车载电视上，正在播放不知哪个台的新闻节目。

"什么——遗产？"由于事情发生得太突然、太意外，以至于我好半天都没反应过来。

然后，这天晚上回到家后，我在网上搜索了这条消息。的的确确，千真万确。我先是看到，我们的颐和园，真的被评为了世界文化遗产。授予它这一称号的，是联合国教科文组织领导下的世界遗产委员会。接着我了解到了，什么是世界文化遗产。我看到网上到处都是这样的文字："所谓'世界遗产'，就是经过权威认定的，具有突出的价值、为人类罕见、无法替代的文化和自然财富。世界性、杰出性、独特性是它的最显著特征。"然后我看到了这个遗产的评定标准。这是什么样的标准啊！首先，它必须是一种独特的艺术成就，是一种创造性的天才杰作。其次，它必须在一定时期，或者在某一文化区域内，对这一时期和这一区域的文化艺术产生过重大影响。第三，能为一种已经消逝的文明或文化传统，提供一种独特的、至少是特殊的见证。第四，可以作为一种建筑或景观的杰出范例，展示出人类历史的一个或几个重要阶段。第五，可以反映人类在大变革时期，人的观念的变化。而，遗产委员会对我们颐和园的评语是："北京颐和园，始建于1750年，1860年在战火中严重损毁，1886年在原址上重新进行了修缮。其亭台、长廊、殿堂、庙宇和小桥等人工景观与自然山峦和开阔的湖面相互和谐，艺术地融为一体，堪称中国风景园林设计中的杰作。"也就是说，它完全符合他们那严肃、严苛的标准。同时我还看到，与我们颐和园同为世界文化遗产的，还有埃及的金字塔、印度的泰姬陵、柬埔寨的吴哥窟、希腊的雅典卫城、法国的凡尔赛宫、意大利的威尼斯水城、俄罗斯的克里姆林宫和红场，以及我们中国的故宫、长城、敦煌莫高窟、秦始皇兵马俑、拉萨布达拉宫等，一长串流光溢彩、如雷贯耳的名字。

实际上，颐和园为我们赢得的荣誉远不止这个。

关注颐和园的人都知道，它是一个叫雷廷昌的人主持重建的。这个雷廷昌，祖上原是江西小木匠，后来有个叫雷发达的祖宗到北京务工，靠着木工手艺挣了点儿钱，就像现在的农民工一样，就在城里买房子买地，把一家老小都接了去。这个雷发达，在康熙时候，参加了北京故宫的营建，他最初的身份只是打工仔，由于手艺出众、才思敏捷，没几天竟混成了清廷样式房的掌案人。所谓样式房，就等于现在的建筑设计研究院。而所谓掌案人，就等于现在的首席建筑设计师。从那儿起，他们家子承父业、薪火相传，在这个掌案人的位置上，从康熙一直干到光绪，整整干了八代人，他们不仅修建、重建了颐和园，还主持设计、修建了故宫、天坛、北海、景山、承德避暑山庄，以及清东陵、清西陵等一大批璀璨夺目的建筑工程，几乎是个项目就能被列入世界遗产，成了中国建筑设计史和科技史上的最大传奇，江湖中甚至都不再叫他们的名字，而将他们统称为"样式雷"。这伙姓雷的，对建筑学的最大贡献就是，每主持一项建筑工程，首先都将设想绘成样图，这些图包括投影图、旋转图、正立面图、侧立面图、等高线图等；然后再按图纸，按照

1∶100的比例制成烫样，也就是设计模型。这些样图和烫样，至今仍有许多存在于世。1930年，雷家的一个败家子，将其中一部分卖给了北平图书馆，卖了4500块大洋。虽然只是一部分，但据说足足拉了十卡车。虽说我们，就目前所知，早在秦汉就出现了建筑设计图纸，早在隋唐就开始使用建筑设计模型，但毕竟只是零星的史料记载，确凿的实证非常贫乏、几近于无。"样式雷"的这些样图和烫样，很可能是中国人使用图纸、模型最早的、唯一的实证。专家认为，它们的存世证明了，中国古代建筑绝不是工匠凭经验干成的，它们充分说明了我国古代高超的建筑设计水平。正因为如此，2007年，联合国教科文组织宣布，将这些样图和烫样，这其中当然也包括颐和园的样图和烫样，入选为世界记忆遗产。这个世界记忆遗产，是联合国教科文组织主持的一个文献保护项目，其目的是对世界范围内正在逐渐老化、损毁、消失的文献记录，通过国际合作与使用最佳技术手段进行抢救，从而使人类的记忆更加完整。它是世界文化遗产项目的延伸。当然这是后话了。此刻我的笔，刚刚行走到1998年，那时候这事儿还没发生。

10

没错，我现在在1998年。这是一个风雪寒冷但灯火温馨的夜晚。就是在这个晚上，我就像用抹布擦拭一个物什，拭去了蒙在颐和园上的长达百年的历史尘埃。拭去尘灰的一刹那，我惊异地发现，原来颐和园，竟是那么晶莹，那么温润，那么瑰丽，那么美妙。我们一直以为，老佛爷给我们留下的是一块丑陋的石头，没想到它竟是这样一块罕见的碧玉。

我记得，也就是在这一刻，我的心咯噔了一下。一个意想不到的问题，就像一个不速之客"哐"地踹开我家门闯入我家一样，闯进了我的脑海。这个，说出来你可能不信，我会在这一时刻联想到这种问题，但我当时就是这么想的。颐和园，是和海军联系在一起的不是么？我想："当日本天皇和皇后勒紧裤腰带，为海军建设添砖加瓦的时候，我们的慈禧太后却把海军的钱修了颐和园。而当我们的颐和园被评为世界文化遗产时，曾经那么辉煌的日本海军又在哪儿呢？"

这个，我想，就连许多孩子也已经知道。日本海军，又称日本联合舰队。众所周知，这是一支英雄辈出的部队。它曾拥有过三位风云一时的司令官。一个是伊东祐亨，在甲午战争中击败了中国海军。一个是东乡平八郎，在日俄战争中击败了俄国海军。一个是山本五十六，在二战中成功奇袭了美国的珍珠港，只差那么一点儿就战胜了美军海军。这三位三国周郎式的才俊，前仆后继、薪火相传，踩着中、俄、美等海军巨人的肩膀，将日本海军带到了一个从未有过的、风光无限的高度。到山本五十六袭击珍珠港时，可以说达到了最为辉煌的巅峰。但，也正是从那儿起，它开始走了下坡路。在这之后的太平洋战争中，经过珊瑚海海战、中途岛海战、马里亚纳海战、莱特湾海战，它被美国海军打得头破血流、伤筋动骨，就连司令官山本五十六都一命呜呼。尽管它在这一系列海上搏杀中，浓墨重彩、可歌可泣地书写了许多人类历史的新篇章。如珊瑚海海战，是人类历史上第一次航母对航母的大决战；莱特湾海战，是战争史上迄今为止规模最大的海战，等等。但终归还是螳臂挡车、回天无术，最终以灾难性、毁灭性的失败，与他们明治天皇"开拓万里波涛"的梦想一起，沉没在了太平洋深处，葬身了鱼腹。

是的，这就是答案，答案就是如此的简单——当我们的颐和园被评为世界文化遗产时，曾经那么辉煌的日本海军连一点儿渣子都没剩下，早已葬身了太平洋的鱼腹。

11

我至今仍记得，我在1998年的那个晚上，想到这个问题，并得出这一答案时，那种惊奇、讶异的心情，就好像一个姑娘按男友要求闭上眼睛，当她再次睁开眼睛，发现面前摆满了男友奉献的鲜花一样。你要是在庸俗电影中见过这种场面，一定能体会这种心情。令我惊讶的不是别的，恰是这一答案的戏剧性，以及这出好戏所引发的我的联想。我的联想是，如此戏剧性的结局，是纯属偶然呢，还是有人刻意编剧和导演的？或者换言之，这出戏的主角——女一号慈禧老太后，曾预料到事情的结果是这样的么？她是瞎猫碰个死耗子，正好押到了这个点数呢？还是已经预料到是这个点数，故意往这儿押的宝呢？

要回答这个问题，我想就不能不说一说这位慈禧老太太了。

关于慈禧这个人，结论可以说是十分现成的。我们可以看到，几乎所有的正版历史书上，对她的评价都不外乎这样几个词——奢侈、淫靡、昏庸、腐朽。理由是，在她两次垂帘听政、把持国家近半个世纪的时间里，视个人享乐高于国家民族利益，挪用海军军费修建颐和园，直接导致了北洋水师的覆灭；耗费国家大量财力，为自己多次操办寿诞，过着骄奢淫逸、荒淫无度的生活；对外多次签订丧权辱国条约，使中国一步步沦为半封建半殖民地国家，国运衰败长达百年；始终拒绝变革专制、落后的政治体制，特别是一再拒绝立宪，使中国不能与时俱进，远远落在西方各国的后面，等等。而我，由于从小到大，一直学的都是这样的正版书，当然也是随鸡随鸡、人云亦云，并不能突破和超越这样的观念。

然而，时代不同了。人的认识，是会随着时间和环境的变迁发生改变的。1998年那个夜晚的我就是这样。我记得，正是在那个晚上，我第一次产生了这样的疑问——难道慈禧，真的就是正版书中所说的那样的人吗？

要弄清慈禧是个什么人，首先要弄清楚她所处的是个什么时代。这个，可能我们以前不太注意，现在带着这一问题重翻历史，我们就会惊讶地发现，老太太所在的那个时代，正是我们常说的，"内忧外患""内外交困"的时代。在她两次执政的约半个世纪时间里，大清国的中央集权和国家主权，一直面临着十分严峻的威胁和挑战。对内，先后爆发了太平天国、捻军、苗民、回民起义和义和团运动，搅得万里河山狼烟遍地；而对外，她经历了从1840年到1900年帝国主义列强的五次侵华战争，早在孩童和少女时期，就经历了第一、第二次鸦片战争，之后又亲历了中法战争、中日甲午战争和八国联军的入侵。

别的不说，只说太平天国和八国联军。我们知道，太平天国，这支留着长发的农民起义队伍，自1851年于广西金田起事，势如燎原之火、泛滥之水，不到三年便夺取了长江以北的半个中国，并且定都南京、立国立号，与大清国不共戴天、分庭抗礼。类似规模的反政府起义、在中国历史上曾经发生多次，几乎无一例外地都动摇甚至颠覆了当时的现政权，远的如秦末陈胜、吴广起义，近的如元末朱元璋起义、明末李自成起义等。而这次的太平天国，声势更加浩大，来势更加汹涌，以至于当时许多人，甚至满清王朝的王公贵戚，都连声惊呼："完了完了！"以为历史在这一刻又要重演。就连慈禧的老公，当时的大清国皇帝咸丰，都被这事闹得焦头烂额、忧心如焚，年仅三十出头就给愁死了。

其后的八国联军，更是集合了当时世界的最强大帝国，几乎就是后来在美国带领下，灭掉伊拉克、绞死萨达姆的原班人马。他们投入战场的虽只区区数万人，但面对拥兵百万的大清帝国，凭借洋枪洋炮和先进战法，一路所向披靡、长驱直入，仅仅两个月便冲入大清帝都北京，吓得这个国家的统治者落荒而逃，一直逃到了数千里外的古都西安。占领北京后，胜利者在大清国的紫禁城、金銮殿举行了隆重阅兵仪式，在俄罗斯军乐队吹奏的各国国歌声中，受阅队伍自金水桥前出发，进入天安门、端门，穿过大清国皇宫，最后出神武门而去，一路挺胸昂首、势不可当。这个，对当时国人的打击，显然比太平天国更加凶狠、沉重。太平天国的威胁，不管咋说还远在南京，八国联军的皮靴，则直接践踏在了他们的心尖儿上。这件事情的象征意义是显而易见的。

仅由太平天国和八国联军，我们就可见大清国当时的政治环境和生存环境是多么恶劣，其恶劣程度，用"危若累卵""苟延残喘"，甚至"气息奄奄"来形容都不过分，比之中国历史上任何一个朝代都有过之而无不及。而慈禧，真是倒了八辈子的霉呀，这一大清国最为河山破碎、风雨飘摇的时期，恰是她听政、主政的时期。直到今日，我们仍然不难想象，当这名女子接过大清国的残山剩水时，人们脸上的那种毫不掩饰的绝望表情。不是么？美景犹如东逝水，无可奈何花落去。连大老爷们儿都一筹莫展、束手无策，最后被愁死了，更何况一个小女子。当这个女子第一次登上政治舞台时，我们敢说当时没有一个人不这样想，她的到来不仅于事无补，反有可能加速大清国的灭亡。可是，谁能想象得到呢，这个被称为慈禧的弱女子，她第一次垂帘听政时年纪只有二十七岁，不仅没有让大清国就这么结束在她手里，反而中流砥柱、力挽狂澜，一上来就拿下以载垣、肃顺为首的缚手束脚的顾命八大臣，之后一展令人吃惊的政治智慧和才华，通过重用汉人精英曾国藩、左宗棠、李鸿章，对内一举绞杀了最为甚嚣尘上的太平天国，并先后肃清了捻军、苗民、回民等反政府武装；对外虽说订立了一系列割地赔款条约，却以最小代价避免了战争失败可能带来的更大损失，说起来还应算是取得了一系列外交胜利；同时开展"自强""求富"的洋务运动，虽说最后弄得有些虎头蛇尾，但对中国的近代化还是起到了积极作用。结果，不仅挽救了摇摇欲坠的大清国，缓解了帝国的政治危机，还将国家经营得像模像样、有声有色，竟然出现了一个"同光中兴"。最后，她不仅把自己的名字写进了史册，她所重用的曾国藩，连伟人都说，"予于近人，独服曾文正"；左宗棠，梁启超称其是"五百年以来第一伟人"；李鸿章，连日本首相伊藤博文都赞其乃"大清帝国中唯一有能耐与世界列强一争长短之人"。

如果照这么说来，这个慈禧不仅不是反面人物，而且是个又高又大又全的正面形象。她的政治经历和成就，她所闪烁出的奇瑰耀眼的光芒，不仅超过另外两个女性统治者吕后和武则天，而且超过中国历史上绝大多数男性帝王，甚至可以直比秦皇汉武、唐宗宋祖。然而事实果真如此吗？

12

若真是如此，那我们就有理由怀疑，一个如此英明伟大的人，怎么可能愚蠢到，拿海军、海防的钱给自己修园子，用国家的前途命运给自己逗乐子呢？难道她不明白这么做的后果吗？这简直是滑天下大稽嘛。当然，这绝对不可能！

既然不可能，我们就只有换一种思路了。就是在这时，我忽然想起了一起著名的历史事件——澶渊之盟。北宋时期，我们的北方邻邦——

辽国逐渐强大，并开始不断对宋用兵。宋辽之间的战争持续了漫长的二十多年，结果是辽国一路凯歌，夺取了大宋北方的燕云十六州。宋真宗时期，辽国再次对宋用兵，且萧太后亲率大军深入宋境。然而这次，战争天平发生了倾斜。宋真宗在当时宰相寇准鼓励下，亲赴澶州督战。宋将士见皇上亲自登城，"诸军皆呼万岁，声闻数十里，气势百倍"，大败辽军于澶州城下，并对辽军形成合围之势。这是宋辽交战以来，大宋第一次取得战争优势。只是，谁也没想到，宋真宗不仅没有"宜将剩勇追穷寇"，乘势将敌军聚歼城下，反与敌人签订了一个丧权辱国的和约，承诺今后岁贡大辽银10万两、绢20万匹。这就是"澶渊之盟"。一个堂堂战胜国，反而低三下四地向失败者乞和，还有比这更大的耻辱么？但其实并不然。澶渊之盟的订立，结束了宋辽之间旷日持久的战争，开创了长达一百余年的和平时代，不仅为两国节省了巨额战争开支，也使两国百姓免去了战火灾难，一时间百姓"生育繁息，牛羊被野，戴白之人（白发长者），不识干戈"。大宋国的第三代、第四代，目睹此情此景，这才意识到，"则知澶渊之盟，未为失策也"。正是在这样的感叹声中，我们不知不觉进入了宋真宗的内心世界。我们觉得，也许宋真宗签下这个和约，并不仅仅是惧辽怯战、贪图苟安。尽管一直以来，所有的史学家都这么说。但宋真宗曾解释过，他这么做的目的是"屈己安民"。什么叫屈己安民呢？我们想象着，也许历史上曾经出现过这样一个画面，那就是，这个宋朝天子伫立在澶州城楼，目睹战争造成的田园荒废和人民涂炭，默默地在心里对自己说了这样一句话——

"战争的胜负算得了什么，还是让人民结束痛苦吧。"

而无独有偶，慈禧在她听政、执政时期，也曾签订过一次这样的"澶渊之盟"。也就是说，同样是在有利的军事形势下，与对手签订了丧权辱国的协议。这就是声名狼藉的《中法新约》。1883年，法国为了夺取越南，并进一步觊觎中国，与当时的大清帝国发生了一场战争。战争由越南北部，一直扩大到大清的东南沿海。战争过程中，大清官兵英勇顽强，取得了一个又一个胜利，不仅使法国军队连遭重创，甚至直接导致了法国费里内阁的倒台。这在中国对外战争史上是不多见的。人们本指望大清国乘胜前进，夺取战争的最后胜利。没想到就像宋真宗一样，慈禧竟也在占尽优势的局面下，签订了一个几乎可以说是低三下四的条约，承认法国对越南的占领，并对法国开放了中越边界。而这，正是法国在战前要求却被清政府断然拒绝的。等于法国不胜而胜，达到了他们的战争目的；大清国不败而败，失去了不想失去的东西。百多年来，人们一直不停地在问，怎么会是这样的？这到底是怎么回事？当然，就像评价澶渊之盟，史学家们始终将这归咎为，是由于慈禧和宋真宗一样昏聩、懦弱。不过正因为有了宋真宗的先例，我们已经习惯了对史学家的认识能力和认识水平打个问号。实际上，通过这一问我们看到，《中法新约》的订立，对我中国不唯不是坏事，还很有可能是个好事。怎么说呢？中法战争时期，中国的国际环境已十分恶劣，帝国主义列强无不对其虎视眈眈，就像一群苍蝇一直在这个蛋上寻找着下蛆的缝儿。他们中的德国公使巴兰德就曾公开说："中国的困难是每一个外国的机会。"有着多年洋务经验的李鸿章，深知中法两国综合国力上的差距，他曾这样预估过中法战争："一时战胜，未必历久不败；一处战胜，未必各口皆守。"而这时的中国，敢在中法争端中稍有闪失，就极有可能招致恶犬一拥而上，造成列强瓜分局面的提前到来。故而他认为，只有协商解决才是"经久之计"。《中法新约》使我们看似失去了越南，但当时法军已经形成了对越南的实际占领，我们想狗嘴里夺脆骨已经是不可能的。越南只是我们一个仆从国，本来对我们就未必一心一意，既然我们已经失去它，而且明知道夺回来是不可能的，为什么就不能索性做个人情，对法国人说"既然你喜欢，就把它拿去吧"，从而推迟甚至避免更大的祸患呢？兵祸兵祸，最终祸害的还是百姓，不是么？后来八国联军攻入北京，"城破之日，杀人无数"，"但闻枪炮轰击声，妇幼呼救声，街上尸体枕藉"，就连英国人自己都说"北京成了真正的坟场"。百姓何辜啊——我们不知道，慈禧在批准《中法新约》时会不会这样想。她会不会也像宋真宗一样，在心里发出这样的慨叹："战争的胜负算得了什么，还是让人民结束痛苦吧。"

我们以为，如果她真是五百年才出一个的，不逊秦皇汉武、唐宗宋祖的统治者，那她就一定会这样想。不唯这样想，而且还会这样做。

而这，就不由得不令我们浮想联翩了——既然这位英明的统治者在中法问题上能够这样想，她在中日问题上会不会也有同样的想法呢？年年岁岁花相似，岁岁年年人不同。滚滚长江东逝水，是非成败转头空。

人类的一切雌雄短长之争，放在时间之中、宇宙之中，不过是一星火花、一粒尘埃。当你百年之后，神魂飘浮在浩渺的星际之间，回过头来再看这些，才会觉得有多么荒谬与可笑。正所谓"电石火中争长短，蜗牛角上较雌雄"。既然如此，我们何必再为这一星半点的是非与得失，废寝忘食、牵肠挂肚、斤斤计较、孜孜以求呢？君不见黄河之水天上来，奔流到海不复回。君不见高堂明镜悲白发，朝如青丝暮成雪。钟鼓馔玉不足贵，千金散尽还复来。还是让我们——五花马，千金裘，呼儿将出换美酒；人生得意须尽欢，一起同销万古愁吧。五花马、千金裘，你想想，都能呼儿将出换美酒，区区几个海军军费算啥呀，为什么不能也将出来，换了它。

当然，这个，只是我们的猜测，任何史书中没记载。慈禧是不是真这么想过，我们不得而知。但是我们确切地知道，她老人家为我们留下了颐和园——这份最可宝贵最为瑰丽的遗产。如今这遗产，不仅是我中国的财富，还是全世界的财富；不仅令我中国人骄傲，更令全世界感到骄傲。而今，来自五湖四海、各种肤色语言的人们，只要到北京，就必定要来看看颐和园。当人们沉浸、沉醉在这无比神奇、无比美妙的景色当中时，我敢说他们之中，没有一个人会记得日本海军，以及伊东祐亨、东乡平八郎、山本五十六这些滑稽可笑、可有可无的名字。

13

我们说了，颐和园这个名字，是慈禧亲自给取的。颐和二字，我们翻了翻字典，大概有这么两个意思。一个，"颐"指面颊，"和"指温和，合起来就是开颜解颐、和颜悦色的意思。再一个，"颐"指保养，"和"指协调，搁一块儿就是培育、保养和谐之气的意思。俩意思都是好意思。特别是"和"字，可以说就是我中国人的人生观和价值观。"和"就是承认、包容事物的差异性和多样性。与之相对应的"同"，则是要排除异己、消灭差异、达到统一。早在两千多年前，我们的孔圣人就提出了"和而不同"的观点，并以此作为区别君子和小人的标准，曰"君子和而不同，小人同而不和"。同时指出："礼之用，和为贵。""礼"是规范与制度，它的特性有两个：其一是"别"，就是不同的社会角色拥有不同的权利，承担不同的义务；其二是"和"。"别"只是手段，目的是避免因无别而造成利益冲突和社会无序。而"和"——相安、相融、和谐、和合——才是"礼"的最高境界。是以，圣人云："和也者，天下之达道也。"慈禧，把本来要用于"同"的钱，修了这个园子，并且取名曰"颐和"，我们不知道她是不是这个意思。

14

是的，我现在在颐和园。当我的思索进行到这儿时，我已经攀上了万寿山顶，正站在佛香阁高大的青石台基上。此刻，夕阳西沉，余晖瑰丽，正是这座园林一天最美的时刻。从我立足之处放眼望去，近处的亭台楼阁，远处的昆明湖和南湖岛，以及更远处的若隐若现的北京城，都被霞晖浸染得深红深紫，就如用凝重的色彩画出的一般。而为这画面配乐的，是正做晚课的佛香阁僧人那如吟如唱、悠扬悠远的诵经声。置身在这样的音画中，情不自禁地，我为我全部的胡思乱想做了一句话的总结，那就是："老佛爷，圣明啊！"

15

本来写到这儿，全文就完了。但画最后一个句号前，我又在网上搜了搜，想看看还有什么可用的材料没。却不料这一搜，竟搜到毛泽东主席评论颐和园的一段话。毛主席的话，又一次让我深深感受到了什么叫"英雄所见略同"。特引用于此，作为全文的豹尾——

此文引自《长江日报》2012年7月12日第7版，说是中华人民共和国建立初期，毛主席邀柳亚子同游颐和园。柳亚子面对美景，触景生情，感叹道："慈禧这个人腐败无能，签订了许多不平等条约，给中国人民带来了极大的痛苦和灾难。她把建海军的钱挪来建她的个人乐园,真可耻。"谁知,毛主席听了,他笑笑说:"慈禧用建海军的钱建了颐和园,当时来说,这是犯罪,现在看来,就是建了海军,也还是要送给帝国主义的。建颐和园,帝国主义拿不走,今天人民也可以享受,总比他们揭露了要好啊!"

我曾对你说过爱

青波是何时认识张丽的，就连他家里人都不得而知。有时候人的视角就像一台摄像机，被自身的生活范围局限着，很难对这一固定范围之外的事情进行全面的观照。反正当青波第一次将张丽领回家里时，已经28岁了。在一般人眼里，这岁数的人都可以称作大龄青年了。以至于熟人在街上碰到他母亲，说不上三句话就要关切地问："你们家青波找着了么？年纪不小了也该找了。"问得老太太面儿上很是挂不住。所以当青波终于领回个活的来，全家人甚至都没问清人家叫什么，便异口同声道："就是她了！"认同了这女孩儿，并且生怕煮熟的鸭子再飞了似的，再三催促青波赶快把人娶过来，用我们郑州话说叫"把事儿办了"。但是这个敦促却遭到了青波的一口回绝。青波拒绝的理由很简单，他不是不想办事儿，而是没有办事儿的钱。青波曾就职于一家街道小工厂，后来由于企业形势普遍不景气，他们这家小厂也像其他厂子一样开始揭不开锅，全部工人放假回家，每月发百分之六十生活费。青波这样的工人每月基本工资才几百块钱，它的百分之六十可想而知。青波没读过什么书，但是该懂的理儿却都懂。他认为一个男人既然对女人说过了"爱"字，就等于答应了让她一辈子过好日子，起码不能让她吃了上顿没下顿，否则他就不能算男人。现在他对张丽说过了这个字，他就要对他说过的话负责任。因此他准备先挣钱，等有了钱以后再正儿八经地办事儿。

从此，人们开始看到青波没日没夜地为挣钱而忙碌。他先是在家门口支了张斯诺克台球案子，后来又到夜市上点着电石灯火卖砂锅，再后来又跟人合开了一家电子游戏室，总之那一时期我们郑州兴什么他干什么，只要是个挣钱事儿，再苦再累也没有他不干的。虽然由于他天生就不是个挣钱的命，最后什么钱也没挣着，台球只在街面儿流行一阵儿便不时兴了，砂锅摊被创建文明卫生城市活动所取缔，电子游戏室则被认为有赌博性质而遭查封。但是人们却从他越来越疲惫而消瘦的面貌中，越来越清楚而深刻地感受到了，这个叫青波的是个认真的人，他对所爱的人所说的爱字是真话，是用心而不是用嘴说的。这种人要么什么话都不说，而一旦说出什么话来就决不会再改口，哪怕这句话只有一个字。由此没有任何人怀疑，只要有了青波对待这个爱字的这种态度，即使他最终没有挣到一分钱，张丽这一辈子也一定会过得好得不得了。因为这世上有许多什么都没有的人，但却由于有了爱，同样生活得很美满很幸福。善良的人们都希望能早日看到这一天。但是就在这时出事儿了。

事情是这样的。张丽早在很久以前就动不动头晕，经常无缘无故地正干着什么事情，冷不丁便晕得天旋地转。这之前她曾去过几家不同的医院，但医生的诊断却是相同的，可能是贫血，建议她多吃动物肝脏。由于在劳动人民这个阶层里，贫血这种病从来都不被人看成病，故而她对此一直没在意。没想到有一天她正跟人好好地说着话，竟然猝不及防地晕倒了，出现了医生们常说的休克。就这样在青波的一再坚持下，他们再次去了医院。由于这次的医生是青波找的熟人，所以态度比以前那些医生认真负责得多，详细听取了病情陈述后，怀疑所患的是脑瘤，建议他们做一次CT检查。这话是医生背着张丽对青波说的。尽管医生再三强调这只是怀疑，到底是不是还不一定，一切都要等检查结果出来以后才能确认，说不定只是一场虚惊，劝说青波别紧张。但意外仍使得青波愕然张大了嘴巴，叼着的烟卷都掉在了地上。

几天以后青波又一次来到了医院。他是来取CT检查结果的。由于这个结果的不可预测性，他这次来的时候没有带张丽。这是一个阴晦的日子。上次那个医生一见到他，便将目光转向了窗外，说："已经确认了，是脑瘤。"默然片刻，又说，"如果你们同意的话，我们将尽快安排手术。究竟是良性还是恶性，还要待手术后做切片检查才能确定。所以你这会儿也别想太多，说不定是良性的呢。"这个医生大概太想安慰遭遇不幸的人了，以至于自己都不知道话该怎么说了。他说话时一直不忍正视青波，所以竟没觉察到没等他话说完青波就已经走开了。

手术那天，由于医院患者太多，这次手术只得安排在了晚上，青波在医院走廊中等待了整整一夜。医生一出手术室便被青波堵在了走廊上。他盯着医生道："情况怎么样？不论发生了什么事儿，我都撑得住。"医生也盯着他，半晌，道："好吧，根据手术情况，我们初步认为她是恶性的，但还要等切片检查结果来确认。"看到青波一动不动站在那儿，这个医生补充道："目前，至少在我们国家，医学对这种情况还没有什么好办法。所以，你要有充分的思想准备。同时最好对病人隐瞒她的真实病情，就说她是良性的，用不了多久就会康复。"医生说这话的时候，张丽才只有23岁。青波面无表情地问："你说具体点儿，她到底还能活多久？"医生道："这个我也说不准。也许一年，也许两年。但是决不会比两年再长了。"青波说——但不是对着医生："明白了。"转身就走。正在医院走廊中过来过去的医生和病人全都看到了接下来发生的这一幕——

医生一把拽住他："你去哪儿？"

青波拿开他的手，一言不发继续往前走。

医生跟在他身后："你到底去哪儿？你可是说过出了什么事儿都能挺住的。"

青波仍然一言不发地继续往前走。

医生更加不放心地跟在他身后："你可不能胡来啊。"

青波突然吼一声："滚！"

青波猛然转过身，这时他已泪流满面。他挥动着双拳道："滚开，你老跟着我干什么？"

被这起意外事件震动最大的是青波家里人。张丽的病情一确诊，立刻在这个家里引起了激烈的反应，这些就在不久前还异口同声极力催促青波赶快把事儿办了的人们，此刻却突然转变了态度，反过来异口同声极力劝说他赶快把事儿了了，也就是说要他和张丽一刀两断，仿佛稍迟一会儿就会被人讹住似的。这时的青波已经完全不是从前的模样了，眼圈发黑，目光呆滞，脸上没有任何表情，即使不明真相之人也能一眼看出这是个刚刚遭受了某种沉重打击的人。对于家人的劝说，他既没有说是，也没有说不是。他觉得当务之急是医治张丽的病，其他说什么都是废话。别说他不会离开她，即使真的离开她，也绝不是在现在——她是好好地走来的，他也要看着她好好地走开，否则他将愧疚一辈子。理由很简单，因为他已对她说过了爱。也就是说他这时虽然嘴上什么话也没说，心里却已暗暗决定了，他要竭尽全力挽回张丽的生命。也许他的一切努力都将是徒劳的，但是他必须这么做。

是的，青波要竭尽全力挽回张丽的生命。他做出这一决定的时候丝毫也没意识到，他实际上是将一条绞索套在了自己脖子上。

张丽的整个治疗过程是这样的，发现脑瘤，其实就是脑癌之后，先是第一次开颅，切除肿瘤，但由于癌细胞已经扩散，肿瘤不久又重新生长起来；接着第二次开颅，继续切除肿瘤，但由于癌细胞再度扩散，肿瘤不久又重新生长起来；接着第三次开颅……貌似不断重复着同一种治疗手段，但是仅从叙述的绕口，便可见其中的曲折和复杂，这就需要付出极其昂贵的医疗费用。

张丽既没有单位——青波是在我们郑州最大一条服装街敦睦路认识她的，当时她正在那儿给某个服装个体户看摊儿，而自从她住进医院那天起，那个个体户便已雇了另外的人；也没有家庭——她是来自豫西嵩县山区的打工妹，正是由于穷困才出来谋生的，因此那个大山深处的家庭对于她此刻的困境而言，就跟没有差不多。也就是说，她在这个城市里无依无靠，任何开支都无处报销。而青波的家里这时由于坚决反对他们的关系，也一口回绝了青波的一切求助，自始至终不曾援助过他一分钱。青波，这个一贫如洗的人，只得独自承担起了治病救人的全部费用。也就是说，张丽苦难的治疗过程，实际上是青波更加苦难的挣钱过程。

从理论上说，青波正当壮年，没灾没病，完全可以凭力气正常而正当地挣钱。但是实际上却不行。首先是他根本找不到可以挣钱的工作。他从前在厂里的工种是负责发货，也就是人们常说的熟练工。而这年头有那么多下岗的技术工人都找不到事儿干，更何况他这种什么技术也没有的熟练工了。其次是即使他找到了工作也不行了，因为他已经没有时间老老实实、按部就班地去挣来张丽所需要的那笔钱了。因此他只得采取非正常甚至不正当的办法——

青波开始信口开河地欺骗家里所有的人。

先是他姐姐电视机坏了，请人修了几次都没修好，他一看这台电视机还有八成新，便谎称有个熟人开了个家电维修部，什么毛病都能修，没等姐姐同意就抱走了。他那熟人开了个家电维修部是不假，但他把电视机抱去的目的却不是修理，而是直接折旧卖给了那个人，然后开始旷日持久地糊弄姐姐说没修好。

接着他哥哥的女儿因差3分没考上重点中学，正当他哥哥为此发愁时，他又谎称认识一所重点中学教导主任，可以帮忙把孩子录取到那里，不过该校规定分数未达到录取线的学生，每差一分需交五千块钱教育集资，花言巧语骗走了哥哥东拼西凑的一万五千块。结果新学期开学那天，他哥哥领着女儿去那所中学报到时，反而把学校弄得莫名其妙。

总之自从一个叫张丽的人被宣布为脑癌患者起，另一个叫青波的人就变成了一个彻头彻尾的"骗子"，只要能将钱骗到手，无论什么样的瞎话都能说出口。这边将钱从家里骗出来，那边便分文不少地交到了医院里。久而久之他的这种行为竟成了习惯，发展到不分时间地点，不管见到家里的谁，立刻就想从其身上骗点儿钱出来，甚至就连他去世多年的亲爹也不放过。青波的父亲去世后，骨灰一直存放在齐李闫火葬场。这年清明节全家去烧纸时，正赶上该续交骨灰存放费，同时也正赶上由于预交的医疗费用完了，医院正准备停张丽的药，青波正急得团团转。这时一看他妈要到骨灰管理处去交钱，也顾不得想想这是什么钱了，几乎是抢夺似的一把把钱抓到了自己的手中，自告奋勇说他去交。他到管理处办公室转了一圈，出来对大家说交过了。当时大家都以为他真交过了，谁也没想到他竟连这区区几百块钱也不放过。直到当父亲忌日那天全家又来烧纸时，居然怎么也找不到骨灰盒，一问管理员，说是逾期未交存放费，火葬场按规定处理了，才知到那笔钱早被青波贪污了。后来几经曲折，青家才把这个骨灰盒找回来。当时青波为了掩饰自己的尴尬，还故意强词夺理地跟管理员吵。他没注意到就在他与管理员争吵时，全家人都用冷冰冰的眼光盯着他。

在家里混得彻底抬不起头来之后，青波开始想方设法到社会上找事儿干。对他来说这段时间简直就像一场噩梦。为了挣得仨核桃俩枣儿的钱，他真是忘记了一切，几乎干遍了所有正经人不愿和不屑干的事情——到火车站卸过煤，在舞厅做过保安，帮人追讨过死透了的债，替人在股市门口排过整夜的队。简直可以说到了这份儿上，这时的他已经一点儿自尊也不要了，再丢人也没有委屈感了。只要能挣到钱，谁让他干什么都可以。这年腊月，张丽所住的病房里死了一个人，是个从灵宝农村来郑州就医的老太太，患的也是脑癌。陪房的儿子不愿将老人在城市里草草火化了，而想运回老家土葬。这在他们老家山区是政策允许的。但是由于眼瞅着就要过年了，街头巷尾已经响起了零星爆竹声，出租汽车都不愿沾这种晦气，加之这年腊月鹅毛大雪不断，即使有不信邪的司机也不敢冒险跑冰雪覆盖的盘山公路，这个孝子干着急可就是雇不到车，愁得眉毛眼睛都抓到了一块儿。这时看到也在这里陪房的青波三天两头交不上住院费，便将他拉到了屋外，问他愿不愿意把人背回去，事成之后定有重谢。青波一听"重谢"俩字儿，竟连这种闻所未闻的事情也答应了，背起死人就奔了火车站。可人要是倒霉，放屁都砸脚后跟儿。青波是乘郑州至西安的慢车走的，他之所以选择慢车完全是为了省钱。但没想到这一时期正值春运高峰，在外做工的人们全都紧赶慢赶着回家过年，而且同样为了省钱都挤到了慢车上，挤得连车厢连接处都站满了人。就这么三挤两不挤的，终于有人发现这个年轻人身上背着的不像个活人——尽管青波事先已为老太太蒙严了围脖和口罩。结果惊动了全车的乘警，认为青波有杀人嫌疑，不容分说便将他拷进厕所里，一直拉到终点站，转交给了西安火车站公安分局。青波不仅一分钱没挣到反而被关了八天的拘留号。若不是西安警察负责任，就在大家都忙着分年货的日子里，按着青波的口供亲自跑到远在河南灵宝的深山里，落实了被背着的这个老人确实是在医院里死的，青波非在千里之外的号里过年不可。

青波是一路扒火车回到郑州的。因为他在拘留号里被当地犯人剥光了身上所有的钱，当他放出来的时候，浑身上下除了衣裳什么都没有。青波扒乘的是一列运煤火车，这列火车走走停停，整整在路上磨蹭了好几天。好几天里北风一直持续不停地吹，大雪一直持续不停地下。整个行程中，青波都紧抱着肩膀蜷缩在煤堆里。这天深夜火车途经古城洛阳时，几乎冻僵了的青波蓦然被一片隆隆鞭炮声惊醒过来。青波艰难地从煤堆里爬出来，只见远处城市万家灯火，到处都是鞭炮爆炸的隐隐红光。青波恍惚了好半天，这才忆起此刻是什么时候——此刻是除夕之夜零点整，千家万户团团圆圆守候着幸福和欢乐的时候。

青波回到郑州的时候是大年初一，大雪仍在时断时续地下。他没有去医院，而是直接回了家，因为他已经几天没吃饭了。而这时他家里人也已经很长时间没有见到他人了，因此当他们看到门口站着一个浑身煤黑、伤痕累累、奄奄一息的人，都还以为是个要饭的，好半天才勉强认出这个丧家犬般模样的人是谁，一时间所有人都惊得目瞪口呆。青波家人终于觉得再也忍无可忍了，所有亲人无不痛心疾首道："你看看你，从头到脚还有一点儿人样么？咱们青家做了什么缺德事儿，怎么出了你这么个二流子？事情既然到了这一步，我们也不再说什么了，你自己看着办吧——要么立刻跟医院里的那个断了，从今以后正正经经恋爱，正正经经做人；要么你就继续这么混下去，以后咱们权当谁也不认识谁，大街上碰见了你也别跟我们打招呼——我们丢不起这人！"本来在众人乱七八糟的责骂声中，青波一直狼吞虎咽吃着一碗剩饺子，一句嘴也没有还。他是回来吃饭的，不是回来吵架的。但是当话说到这份儿上的时候，这个饭刚吃了一半的人终于慢慢放下了碗，盯住说话的人们，那神情就像盯着某种十分陌生的东西，良久良久，最后道："那我还这么混下去吧。"起身就走。

青家人气急败坏地在身后喊："你给我站住！"

青波狠狠扭过头："少理我，咱们谁也不认识谁。"

青波只是个没有什么文化的普通人。在没有什么文化的普通人眼里，爱字的词义不是空泛的，而是有着十分具体的内容的，这内容就是婚姻。假如一个人对另一个人说了"我爱你"，那就等于对他（她）说了"咱们结婚吧"。因此自从他对张丽说过了爱，就已经把结婚这件事儿列入了他的生活日程中。他曾经因为太穷困，一再拖延着这婚事，准备等到有钱了，再正儿八经地操办这件事儿。现在他依然很穷困，但是婚事却不能再拖了，因为他已经没有时间了。尽管他已经竭尽了全力，但是张丽的病情不仅没有好转，反而更加恶化了，头晕越来越严重，晕倒的次数也越来越频繁，有时候一天之内竟然晕倒好几次。他知道再拖下去，这事儿就说不定永远也办不成了。因此他决定不等了。

青波和张丽是在这年五一过后领取的结婚证。由于频繁的开颅和化疗，这时的张丽已被摧残得了无人形，全部的头发都掉光了，不认识的人都不会把她当女的，所以她是戴着医院白帽子去的区政府婚姻登记处。但是婚姻登记处的办事员光顾着向他们推销各种版本的"新婚必读"书籍、录音和录像带，竟没发现面前的人患有不宜结婚的病。就这样张丽成了青波的妻子。这天阳光明媚，是个冬季里难得的好日子。青波原准备在这一天里把所有的沉重都暂时放到一边，什么心也不操什么事儿也不干了，带着张丽到街上好好玩一天，以庆祝这个好日子。但是就在他们刚刚走出婚姻登记处的时候，张丽的病情开始发作了，眼前的景物突然乱成了一片，不管看什么都是重影，就像信号接收不良的电视画面一样。用医生的话说，越来越大的肿瘤开始压迫她的视神经，造成了她的复视。张丽难以置信地使劲揉着眼睛。当她终于明白发生了什么，先是愕然张大了嘴巴，接着"哇"地哭了起来，一边哭一边捶打着青波的胸脯："我怎么了？啊？我怎么了？你说，你说呀。你为什么不说话？"就这样青波在他新婚的第一天，又一次将张丽送进了医院。

就在这一天，医生对青波说了下面一番话："我们虽然做了多次开颅手术，不断切除着肿瘤，但癌细胞却是切除不尽的，残留的细胞仍在不断地生长、繁殖、蔓延，很快生成新的肿瘤。现在这个越来越大的肿瘤只是压迫了她的视神经，造成了她的复视。随着这个肿瘤的进一步壮大，还会进一步欺压和破坏她的其他神经，造成昏厥、休克、瘫痪、丧失记忆直到死亡。我们原以为这种情况不会来得这么快，可是现在它来了，而且比我们预想的快得多。所以，你从现在起就得做最坏的打算了。懂了么？我们已经无法进一步地挽留她了。"

这番话的意思很明白——就连医生都已经开始劝说青波放弃了。一者肿瘤可以无休无止地卷土重来，但是人却不能无休无止地开颅，再说就算开颅也丝毫不能改变已成定局的事实了。二者这时全医院都已经知道了青波是个穷鬼，自从张丽患病以来，生活的重担几乎把他压垮了，他实在是再也经不起这种重压了，就连医生们也不忍心眼看着他明知道于事无补，仍然硬撑着将钱往这个无底的窟窿里填了。医生的这一劝告无疑是清醒而明智的。

但是这时的青波已经不可理喻了。他断然要求医生继续治疗。他固执地将希望寄托在了万一上。他对这个医生道："你怎么就那么肯定这于事无补？要是万一有补呢？我是说万一你一刀下去割错了地方，歪打正着地把那病连根儿割了，不就等于发生了一次奇迹么？"

医生坚决道："根本就不可能有万一。你是医生还是我是医生？"

但是青波更加坚决道："正因为你是医生，你才不应该放弃。"

这个医生愕然看了他好半天，最后说："那么好吧，既然你坚持，我也就不再说什么了。我现在就去准备手术，你去想法儿弄钱吧。"

青波只是个没有什么文化的普通人。在没有什么文化的普通人眼里，一个人结没结过婚不在于他是否领了结婚证，而在于他是否举行了世俗的婚礼。因此与张丽举行婚礼，很久很久以来一直是青波的最大心愿。尽管在此之前，张丽就已经越来越流露出了弥留之态，但是青波却视而不见，而在心里固执地认为，这一切都只是暂时的，总有一天她的病会突然好起来的。青波本来的想法是等张丽病情有所好转后，再郑重地举行这个婚礼，但是现在看来来不及了。因此他决定将婚礼提前举行。青波将婚礼的日子定在了这一年的6月8日。这个日子是他在日历中仔细挑选的。有心的人如果将日子重新翻回这一天，就会发现这是个俗话常说的黄道吉日，不论阳历和阴历的年、月、日都是偶数。由此可见直到这时，这个叫青波的人仍然不肯放弃对未来生活的美好希望。

青波为婚礼做了大量的准备，找好了饭店，订好了酒席，通知了所有的亲朋好友。一切的一切都进行得按部就班，有条不紊，剩下的事情就是等待6月8日这一天的到来了。然而，就在6月7日这一天，张丽病情彻底恶化了。先是头部疼痛欲裂，接着七窍大量出血，最后完全失去了知觉。事情发生在我们当地著名的亚细亚商厦里。青波专门把张丽从医院接出来，是到这所商厦里为她选购结婚衣服的。青波在商厦职工帮助下，将昏迷不醒的张丽火速送回了医院。医院见此情形，立刻意识到最后的时刻到了，二话没说便将她推进了急救室。抢救进行了一天一夜。这次青波有钱。许多收到青波结婚请柬的人都已经提前给他送过了份子钱。青波担心钱不够，又到饭店退掉了已经订好的酒席。青波捧着这些花花绿绿的钱对医生们道："求求你们，一定要救活她！我给你们钱！

不论多少钱我都给你们！"但是这次医生们没能将人挽救过来。将近天亮时，饱受病痛折磨的张丽终于离开了人世。

当医生们将张丽推向太平间时，遭到了青波的阻拦。青波的怀里紧紧抱着一堆新衣服。这都是他们昨天刚刚选购的，准备让她穿着出现在婚礼上的衣服。青波不顾医生们的再三劝阻，非要将这些衣服给张丽穿上不可。因为这天是他和张丽结婚的日子。

是的，这天是青波和张丽结婚的日子。中午的时候，被邀请的人们很早便聚拢在了预订的饭店门口。可是他们很快发现这家饭店既没有贴喜字，也没有做准备，丝毫不像将有人要在这儿结婚的样子。一问饭店老板，得到的答复是确曾有人要在这儿结婚，但是就在昨天那人又改主意了，临时退掉了预订的酒席，具体什么原因他也说不清。这些人都是给青波送过了份子钱的，一听这话立时大哗，仿佛受了多大愚弄似的，许多人甚至把难听话都骂了出来。就在这时青波来了。本来正乱哄哄骂人的人们一看他是一个人来的，而且满脸都是沉痛的表情，立刻预感到出事儿了，不由得安静下来，要听听他有什么话说。不料青波只说了一句话。青波从怀里掏出一个小本子，哆哆嗦嗦翻给众人看。人们看到那本上记满了人名和数字，正是他们本人的姓名和所送的钱数。青波一边翻着本子一边说："我会还给你们的！一分不少全会还给你们的！"说完竟一屁股坐在饭店门口，当着那么多人的面抱头恸哭起来。

青波自始至终对张丽隐瞒着她的真实病情。一是怕影响她情绪，造成她病情进一步恶化；二是怕她写信回老家，令老家亲人们不放心。青波原以为张丽一直被自己蒙在鼓里，但是直到她死后才明白，事实上她早就知道了这一切。就在她住院期间，青家人专门找过她，将真相一五一十全部告诉了她，劝她主动跟青波断绝关系。而那时，青波正在西安火车站公安分局的拘留号里。曾经有段时间张丽拒绝接受治疗，青波还以为是怕花钱，实际上却是张丽得知自己的真实病情后，对一切治疗都丧失了信心。青波在清理张丽遗物时，发现了一封遗书。他是从这封遗书中得知这一切的。张丽是在高中毕业后，高考失败才出来打工的。她在这封遗书中十分动情地写道："青波，我知道你一直在欺骗我。我的命里注定了全是冰雪、泥泞和黑暗，可是你却一直在骗我说那里充满了鲜花、金子和阳光。谢谢你，青波！你骗走了我生命中的全部哀愁、凄苦和悲伤，只给我剩下了幸福、欢乐和梦想……"青波看完之后落泪了。他想到张丽若是不死，他完全可以供她继续考大学。

我在澳洲喝稀饭

在我们郑州人的方言里,管蹲监狱叫"喝稀饭"。谁被撺进号里去了,人们就说他"喝了"。那一年我就"喝了",而且这个"喝稀饭"的地儿,现在想想仍然令人难以置信,是在大洋那头一个叫澳大利亚的国家。

那一时期,整个国内都流行着一种叫"洋插队"的"传染病",几乎是个人都捋胳膊挽袖儿地要往外走,有的人为了能出去甚至不惜嫁个老洋人,就好像外国满地有的是钱可以随便捡一样。而我也因为自小就被称为有志青年,不管干什么都不甘人后,恰巧又有个哥们儿是倒腾澳洲签证的,对我说如果我要可以给我八五折,便也一时被鬼迷了心窍,仿佛生怕错过什么似的,三步并两步飞向了那个八竿子打不着的国家。事后我也只能这么认为,也许我命中注定了要在澳洲有一次牢狱之灾,就像俗话常说的"是福不是祸,是祸躲不过",不然我怎么会放着咱们国家起码温饱的日子不过,急得跟鬼投胎似的跑到那么个破地方去。

这事儿谁也不怪，要怪只怪我自己。事情的起因是我在澳洲认识了一个叫李红兵的上海人。我去的地方在澳洲北昆士兰省，城市的英文名字叫Cairns，翻译成中文叫凯恩兹。这儿景色的迷人是没说的，因为一年到头阳光灿烂，海滩上放眼皆是赤身露体晒日光浴的人，这其中有许多是金发碧眼的女人，不管是谁都可以甩开了随便看，而在国内谁要想看这好景色，就只有去买黄色非法出版物。唯一美中不足的是这地方太偏僻，不管离着悉尼还是堪培拉都有上千里地，一年到头很少能碰见几个黄种人。有时候一个人出门在外，特别是在那种不管别人咋骂你你听着都干瞪眼的地儿，每天巴望的就是能碰上个会说你所习惯的语言的人，时间越久这种巴望便越强烈。作为我来说自然也不能免俗。因此，当我在这里偶然邂逅了李红兵，一听此人说话竟然带着"阿拉阿拉"的上海腔，而且光凭名字就知道是特殊年代生的人，就透着说不出的熟悉和亲切，尽管郑州离上海实际也有上千里地，我还是急不可待地将他认作了老乡，没说几句话便与其称兄道弟起来。后来的事实证明，正是这种不健康的乡亲情结把我给坑了。

据这个李红兵自己说，他来凯恩兹比我早半年。而其模样，看上去也的确像是比我早，他不仅对这个城市的大街小巷了如指掌，就连本地土话也都能说个八九不离十。虽然他来得比我早，可是混得却连我都不如。为什么呢？上海人把面子看得比什么都重，哪怕衬衣后面破着许多窟窿，前面也要打条有名有姓的好领带。他跟我一样是到这儿来打工的，也就是来给人当三孙子的，却从早到晚把自己拾掇得油头粉面，穿着从上海带来的名牌西装，给人的感觉就像是人家请他来做客的。这使得他不论到什么地方去求工，都被人误认是日本或韩国客商，以为送上门来一桩好买卖，点头哈腰阿谀奉承着要跟他谈生意。因而每当他吞吞吐吐说明真实来意后，都会令对方觉得受到了戏弄，碰到客气的就被客客气气请出来，碰到那横的屁股上都能挨一脚。就这样他在凯恩兹那么长时间，却连一份像那么回事儿的工作也没找到，吃的基本上都是从家里带来的老本儿，到认识我时他这点儿老本儿也吃完了。而我最后倒霉也正是受了他的穷困潦倒的牵连。

在国内大家都知道有句话叫"穷则思变"，也就是说人到无路可走时自然而然要想办法，这话当然也通用于李红兵。事实上这办法早在认识我之前他就想出来了，只不过他没对我说我也没意识到而已。正因为如此，当我终于明白真相的时候，愕然得几乎连话都不知道咋说了——我去他的，这个穿得比谁都人五人六的人，想出来的这个摘掉穷帽子的办法，竟然不是别的而是偷！

现在想想李红兵那獐头鼠脑的长相，很可能以前在上海就已有了动不动拿人点儿什么东西的行为，而在这儿只不过是应肚子的要求又重操了旧业。只是他这么做的时候也不想想，他的这种行为在上海至多被称为小偷小摸，而在这儿却可以上纲上线为有损国格。

我想我这么说决非凭空猜测，李红兵最后暴露出来的偷窃手段，足以说明他吃这一路已经不是一天两天了。他的具体作案方法是这样：三天两头穿着一件毛料大衣去逛超市，逛着逛着就逛到了成排的服装架子前，脱下大衣装得跟要买似的试了这件试那件，试来试去就把某件衣服趁人不备试到了自己身上，随即套上他那件掩人耳目的道具大衣，像个没事儿人似的从容离去。很快这件衣服就会穿在某个不明真相的买主身上。这事儿起初都是他自己干的，自从认识我后再去便非要拉上我不行，因为傻乎乎的我也以为他真要买衣服，偶尔还会从旁帮他参谋几句，等于不知不觉为他做了掩护。

开始的时候他干得很是得心应手，澳洲因为跟有人烟的地方都隔着海，可想而知这里人们的心地多么单纯，根本想不到这世上还有"小赤佬"这么一说，所以他易如反掌就把整个城市的大小超市偷了个遍。但是一段时间以后就不行了，商店越来越多的失窃终于引起了人们的注意，人们开始怀疑出现这种现象并非有人拿衣服时忘了付钱，许多超市都对靠近衣服架子的人提高了警惕。而事情也就是在这时候发生的。

这天黄昏，李红兵又拉我去一个叫Westcourt Plaza的超市，我和他都没想到这次我们一进门便被人暗中盯上了。结果这厮刚刚得手走出超市，便有两名闻讯而来的警察挡住了我们去路，还没等我反应过来出了什么事儿，我们已被彬彬有礼地宣布为有盗窃嫌疑，反铐住双手塞进了灯光闪闪的警车里。

可以说直到这时我才真正认清李红兵是个什么鸟。我先是觉得无论如何难以置信，接着几乎是破着喉咙，用在这儿谁也听不懂的中国话骂了这个姓李的一声。此时我内心感受到了一辈子从未有过的强烈震动。我在警车里语无伦次地跟警察说着话，试图告诉他们我和这个贼其实没关系。但是可想而知，一者我那英语远远没达到跟警察说事儿的水平，结结巴巴根本没法把想说的话说明白；二者就是说明白了人家也不会相信，因为贼人行窃之时我始终是跟他在一起的。就这样从小到大一直被认为是老实人的我，几乎是人在家中坐祸从天上来，被揎进了专为那些不老实人而设的监狱里。直到此刻我写这篇文章时，对已经过去了的这事儿在感情上仍然难以接受。不过事已至此，我只能这样安慰自己——好赖我的这趟出国也算有了一次难忘的经历。我在这个叫澳大利亚的地方前后忙活了一年多，忙来忙去的目的当然是为了钱，可是由于直到最后也没挣到任何值得一提的钱，差点儿弄得整个此行都不值一提了。若不是意外地"喝了"这回"洋稀饭"，我这趟国几乎就是白出了。现在不管咋说，我还能跟没去过澳洲的人侃侃那儿监狱什么样儿。

谁要说瞎话不是人生的，若非亲眼所见我自己都难以置信，我将要"喝稀饭"的地方会是这般模样。以前总听中国人说饿死不做贼屈死不告官，不告官的主要原因就是对监狱这地方望而生畏。听得多了脑子里便形成了这样一个印象——监狱这地方不是人待的。而眼前这个监狱，说出来你都会以为我是在吹牛。它的外观猛看上去就像我们中国的敬老院，整个建筑仿佛灯火熠熠的小别墅似的，主要建筑的外表都贴着洁净亮泽的马赛克，转圈儿墙壁上爬满了曲里拐弯的攀缘植物，若非四角岗楼上各有一个倒背双手的狱警，人们都会错误地以为是被送来安度晚年的。而它的内部则令人不由联想到我们中国的旅馆，每间号房给人的感觉都像是旅馆单人间。床铺卧具、卫生设施和抽水马桶应有尽有，卧具就像旅馆规定的那样一客一换，洗漱用具也跟旅馆使用的一样是一次性的，在国内你要想住这样的地方，一晚上起码得上百人民币。这一切都使得已经做好了最坏打算的我瞠目结舌，差一点儿询问那俩警察是不是把我们送错了地方。直到对方明确地告诉我："没错，就是这儿。"并将我们交由狱警各关进了其中一间，我才真正意识到我已经成了一名犯人，我现在是在凯恩兹的监狱里。

我在凯恩兹的这次牢狱之灾共历时四天。这段时光对我来说可谓既漫长又短暂。之所以说长是因为起初李红兵对其偷窃行为死不认账，不管警方怎么问都一口咬定是拿走衣服忘了付钱，他不说清楚直接导致了我也说不清楚，使得警方一直将我视为同犯，不然早就让我滚蛋了。而之所以说短则是因为僵到最后李红兵终于明白了嘴硬不是办法，不得不老实供述了他的全部所作所为，而且还算有良心地证明了我确实是无辜的，还没等我找到"喝稀饭"的感觉，警方就已经让我走人了。正由于如此，我对这所监狱的感受只能是表面和局部的，所以说它时也只能采取看到什么说什么的流水账手法。

头天晚上因为天黑我能看到的也就是前面所说的，值得特别说说的是第二天。因为这一天里我的感受最新鲜。第二天我一起来便发生了一件事儿，一个又高又胖的老狱警微笑着走过来，隔着铁栅栏门问我要不要吸烟。我好半天没反应过来应该怎样回答他，因为我此前从未听说过有哪所监狱允许犯人吸烟。后来才知道这正是澳洲监狱与众不同之处，不仅允许你吸烟而且还给你点火。出于监狱安全考虑，打火机由狱警掌管着。吸完烟洗完脸就到了吃饭时间，早餐是在宽敞明亮的餐厅里进行的，里边有几十个街头快餐店那样的固定座位，也就是说可以容纳几十名犯人同时进餐，但是这天吃早餐的却只有我、李红兵和另外两个凯恩兹人。后来我才听说这所监狱自建成以来一直都这样门可罗雀，凯恩兹是个只有几十万人口的小城市，一年到头很少有像回事儿的刑事案件发生，人们能记得的最大流血事件是两年前一名中国留学生在住所开枪自杀。现在关着的这几个人，除了我和李红兵涉嫌偷窃，另两个本地人都只是犯了小小不言的过失：一个是在本地橄榄球队输球后向体育场公共设施宣泄了怒气，另一个则是在开车下班的路上不幸发生了交通事故。由于我和李红兵被视为同案，监狱方面怕我们互相通风报信，用餐时将我俩位置安排得很远，并且不许我们做任何交谈。其实就是不这么安排我们谁也不会搭理谁，因为这时我们的嘴里全都塞满了食物，根本腾不出空儿来做其他事儿。这天三餐的食谱是这样：早餐是牛奶和煎蛋三明治，午餐是肉饼、蔬菜和汤，晚餐是燕麦粥、面包和水果。此后几天的伙食也大同小异。每餐之后还有咖啡帮助消化摄取的大量油腻。这使得我当时就想起了国内一个朋友，有一次这人老婆患了急性阑尾炎，医生却因为没有收到预期的红包将人拒之门外，他一怒之下将医生揍开了瓢儿，由此而被撺到号里"喝了"十五天。进去头一天排队吃饭时他出列道："报告干部，我不吃猪肉。"意思是有好几个品种的肉他都不能吃。干部一听当时就乐了，对他说了一句言简意赅的话："这里就没有肉！"与这位朋友相比，我简直不是喝稀饭而是在过大年。

在此之前我一直以为，喝稀饭就是一天到晚把人圈在号里，吃了饭以后才知道至少在澳洲这地方不是如此。早餐以后我们被送回各自的号里稍事休息，然后被告知整个上午都可以自由参加各种体育活动。活动分室内和室外两种。室内活动有扑克、台球和国际象棋，在宽敞的活动室里进行；室外活动则有篮球和网球，在专门的球场上进行。最令我过意不去的是，这个关人的地方居然设有专门的网球场，而在国内只有那些私人别墅里才有网球场。也就是说，我们都是犯有某种罪过的人，至少是被怀疑犯有某种罪过的人，但在这个叫澳洲的资本主义国家里，却享受着在国内只有大款才能享受的待遇。以至于不等别人说我什么，我自己都觉得不好意思了。尤其令我深感惭愧的是，我邀那个砸了体育场的橄榄球球迷一起打网球，他告诉我已经答应了那个出车祸的人一起下象棋，早晨送烟的老狱警见我失望，说什么非要陪我打。这时我已经知道了这个老狱警叫格兰特，干这一行当已经几十年了。一般来说人一到了这种年纪，再加上吃得那么高大肥胖，搞不好高血压心脏病都已经应有尽有了，任何医生都会忠告其不宜参加剧烈活动。可是眼前这个老狱警仅仅为了让犯人在狱中过得开心，竟然不顾万一有个什么三长两短的，扛着起码二百来斤重的身体，在网球场上来回奔跑得气喘吁吁大汗淋漓。望着老格兰特狼狈不堪的模样，一时间我竟产生了这样一种错觉，觉得自己真的犯下了某种不可饶恕的罪过，并且在心里暗暗发誓，哪怕仅仅为了老格兰特这样的人，出去以后也一定要痛改前非好好做人。

午餐之后是午休，午休之后我们又被告知整个下午都可以到图书室里去看书。这时我才知道这所监狱竟还设有图书室，而且各类图书据说多达几千册。关于这个图书室我没法为大家形容了，因为在这儿的几天里我连一次也没去过。没去的原因：一是我原本就不是个很有追求的人，只要有吃有喝就行了，其他东西有没有都无所谓；二是即使我从现在起想追求点儿什么也不行，那些英文印的书我一本也看不懂。所以我在人们都去看书时自愿留在了号里，我想利用这段时间想想我该怎么办。我到这个国家本来是想挣钱的，现在钱没挣着反把自己折了进来，这不等于狼没打着反把孩子搭进去了么。不料这么一来又发生了一件事儿。现在想想很可能是我被自己这事儿折磨得过于痛苦了，哪怕是陌生人也能一眼看出这儿有个想不开的人，以至于引起了老格兰特的误会。我留下来还没一会儿，这个热情的人便帮我从图书室借了一堆画报来。望着这些画报，我愣了好大一会儿才省悟过来他是啥意思。这些画报不是一般的画报，它们在我们国内全被称为黄色画报。有俗话道："监狱住三年，老母猪变貂蝉。"尤其像我这样年纪轻轻、精力过剩的人，午餐又吃了五份肉饼喝了四盘汤，除了为这种事儿苦个恼发个愁，很难想象还会有其他事情令我们愁眉苦脸。老格兰特很显然是顺着这个思路，将我的愁眉不展愁肠百结认作了是在想这种事儿，特意为我借来这些画报让我聊以自慰的。我在国内曾听一位司法战线劳模做过报告，说他时时要求自己对待犯人要做到三个"就像"——就像老师对待学生一样，就像医生对待病人一样，就像父亲对待儿子一样。那时我以为这种人道主义阳光只有我们国家的犯人才能沐浴得到，没想到在澳洲人们也能晒到这样的日光浴。

晚餐之后，我们终于结束了这一天的狱中生活，老格兰特将我送回号里时，微笑着最后一次问我要不要吸烟。可以说直到这时，我才第一次意识到我已身陷囹圄了一整天，回想一下这一天的经历我不由得愣住了。我发现我在这一天里除了吃喝拉撒睡没干任何正经事儿。换言之，不仅没有创造任何社会财富，反而白白消耗了许多社会财富。这种幸福生活在我印象中完全是属于大地主大资本家的，其他三分之二受苦人连想都不敢想。没想到我在澳洲却歪打正着地，过上了这样的好日子。

我来到这个叫澳洲的国家已经一年了，为了谋生几乎可以说什么样的活儿都干过，在一家荷兰餐馆洗过盘子，给夜场电影院打扫过卫生，为一个半身不遂的老人推过轮椅，到郊区农场剪过羊毛挤过牛奶……总之是一天也不敢让自己停下来，当天不干活儿当天就得把裤腰带往里紧一个眼儿。以至于那一时期我几乎什么中国字都不认识了，能认识的就剩了一个"累"字。记得小学时曾听一位贫农大爷忆过苦，他在形容旧社会劳动人民悲惨生活时用了一段顺口溜："长工做到老，不如一棵草。出的是牛力，吃的却不好。终生被使唤，死了一蹬脚。"没想到时隔二十年，它竟成了我这段打工日子的真实写照。我说这话没有任何夸张的成分。在这段心力交瘁的日子里，我几乎每时每刻都在想，什么时候能过一天除了吃喝拉撒睡什么事情也不干的日子就好了。哪怕只有一天也行呀。正因为如此，当我在第四天傍晚被宣布无罪释放时，猝不及防地愣那儿了，嘴咧着好半天说不出一句话。这一刻我竟然油然而生了一种失落感。就像一个人不慎丢失了一个大钱包一样。因为直到此刻我才发现，其实我的这个愿望已经实现了，而且不是一天而是四天，就像在国内过年时从初一到初四放了四天假。连我自己都难以想象，最后竟是凯恩兹的监狱帮我实现了这一愿望。所以当这所监狱的大门遽然向我关闭时，一想到我又将回到那种如牛负重的生活中去，内心竟对这里产生了好大一阵依依不舍的感觉。直到今天我还这么想，不敢说这世界其他地方是不是这样，反正至少在我们国内，绝不会有一个犯人在获得自由时，会产生赖在监狱里不愿意走的想法。

放我出去的仍是送我进来的那俩警察，这时我已经知道他们的名字叫肖恩和乔治。肖恩和乔治办理了我的出狱手续之后，与我在监狱餐厅里共进了晚餐。他们这么做不是为我的出狱举行庆祝仪式，而是为他们抓错了人而向我赔礼道歉。其实他们完全用不着这么客气。我从小到大受过那么多不公正对待，从没有谁为此对我说过对不起，我也从未指望或要求过人们这么做，我早已习以为常人们对我的这种不尊重和不在乎了。他们这么一客气反倒弄得我很不好意思，束手束脚这顿饭只吃了个半饱。晚餐结束时我才发现，我的那份饭菜当然还是由监狱管的，而他们的则是他们自己出的钱。在澳洲这地方，即使是因公陪客也不能花公款。饭后，两个警察告诉我可以走了，问我要不要搭乘他们的警车。我谢绝了他们的好意，但是提出来想见见老格兰特。这名老狱警几天来一直以三个"就像"为原则，和善热情地对待我，使得我内心对他充满了感激之情。我们都知道中国人若想对谁表达个谢意，最常用的方式就是请这人吃上一顿饭。我找到了正逐号问人要不要吸烟的老格兰特，把我在市区的住址写给了他，希望他有机会去那一带时能到我那里吃饭。不料我的这一邀请竟被他坚决地拒绝了，那表情就好像我们只是偶然碰上的陌生人。我这才明白他的那些"就像"并非专对我一个人的，而是同等地对待所有的犯人的。他这么做只不过是在工作在敬业，就像我们国内报纸常说的，"只不过做了自己应该做的事儿"。

我找到老格兰特时，他发烟正巧发到李红兵的号，这时狱方已经不再限制我们的交谈，这个让我背了黑锅的人一见我要走，先是再三解释事情弄到这一步责任不在他，接着破口大骂澳洲警察冤枉无辜太不像话，最后居然还好意思问我能不能到地方法院托托人，因为他的案子很可能被起诉。他说了半天我只说了一句话："你少搭理我，从今以后咱们谁也不认识谁！"这是我最后一次见到李红兵。至于他后来是不是受到了起诉和判决，我一点儿也不知道，因为此后不久我便离开澳洲回国了。

说起来这事儿已经过去好几年了。如今的我早已背着铺盖回了国。但是每每回忆起来仍像刚刚发生的一样。后来我结识了我们国内一个狱警。正因为他是狱警，我对他说起了我的这段经历，说完我感叹道："要是咱们国家的监狱也像人家澳洲那样该多好。"原以为他会与我有同感，却不料他一听这话竟然乐出了声，边笑边说："去你大爷的吧，要那样我还想住进去呢。"

后来我一想也是，澳洲人把监狱这种地方都弄得跟天堂似的，对于我这样被冤枉的人当然是好事儿，但是对于李红兵那样不论咋修理他都不冤的人，岂不是好得太过分了。

不能让你就这样走

在我们北方有句俗话："牛要拉屎，尾巴根本挡不住。"意思是说如果一个人自己不自觉，别人再怎么约束他都白搭。我妻子对此大概是认同的，所以在男女问题上对我只有一个要求——找个情人可以，胡来乱搞不行。她在这么要求我时没有想到，其实她要把这两条倒过来反而没事儿了。不是么？一个人在胡搞的时候恰恰是不会认真的，反过来你让他特别投入地去搞一个，最终结果怎么样就很难说了。当她终于意识到这一点，再想对其主义进行修正已经晚了，我这边已到了非另砌炉灶不可的地步。

我和妻子是好说好散的，采用的办法是现在人常用的协议离婚。但是就在我们之间的"协议"即将生效时，我发现这里面有一个不容忽视的问题。

妻子从前是在我们城市一个区的工商分局工作的，平时收入只有"死工资"。这一点在一开始还不是很显眼儿，但到我们有了孩子以后便不然了。我和妻子都是打卡签到的上班族，若想上班就得给孩子雇个保姆，妻子每月工资只有几百块，而雇个保姆除了给钱还得管吃管住，按我们城市的行情算下来怎么着也得好几百，换言之她那点儿钱还不够雇保姆的。按照当时流行的"节支就是增收"的观点，我一想与其让她辛辛苦苦地上班挣钱雇保姆，还不如不要那钱让她直接做保姆呢，于是便唆使她辞去公职在家里带开了孩子。我们孩子是三岁时候上的幼儿园，也就是说妻子的保姆角色扮演了整整三年。三年时间说起来不长，但却足以将一个人篡改到谁也不认识的地步。直到我们离婚那一刻我才发现，不知从什么时候起，妻子已由一个职业女性变成了彻头彻尾的家庭妇女。这使我深感吃惊的同时更深感忧虑。因为直到这一刻我才意识到，如果我就这么拍拍屁股一走了之，就等于把她撇在了前不着村后不挨店的半道儿上，其最后结局很可能是被狼吃了。漫长的三年已使她沦为了一个无力独自生存的人，如果这时候把她撇那儿，她肯定要吃没吃要喝没喝出不了三天就得饿死。

我想我无论如何也不能就这么走开。不管怎么说我从小到大都是个乐于助人的人，即使看到不相干的人有了困难都不遗余力地跑前跑后，更何况现在这个人在一个时期里还跟我一个锅里舀过饭，更何况她之所以混到今天这一步我也有不可推卸的责任。于是，就像老话说的"扶上马，送一程"，在离异之前给妻子找个干活儿吃饭的地方，使之能够重新走向社会走向生活，变成一个报纸提倡的"自尊自爱自强自立"的人，起码离了我也不致挨饿，便成了我在那些日子里的最当务之急。

开始的时候我是这么想的,不就是找份儿工作么,以为不过是一件易如反掌的事情。但是现实却劈头盖脸地抽了我一嘴巴,使得我脸上的这种乐观笑容一下子变得僵硬了。我没想到找个工作会引出如此漫长、坷坎、曲折的故事——

按照我和妻子的想法,既然一样"端人家碗受人家管",当然最好还是能像从前那样归公家管,不管怎么说人家那也叫"铁饭碗",伙食标准虽不见得有多好,但保管一辈子吃饱不饥这点儿还是靠谱儿的,于是我们将目光首先聚焦在了姓公的门脸儿上。经过一段时间的蝇营狗苟,我在我们城市教委为妻子谋到了一份儿差事。我的一个朋友的朋友在那儿当着科长,他说正好他们那儿还空着个编制,让我妻子先去帮着忙,如果干得好了可以正式地把这空儿填上。我们一听当然高兴得跟什么似的。就这样我妻子在阔别人群三年之后,再次回到了人声嘈杂的大街上。开始一阵子我看到她干得很欢实很得意。她所在的那个科具体分管的是社会办学,我们在广告中常见的那些汽车驾驶、家电维修、美容美发、木工油漆,甚至变皮蛋、生豆芽、养蝎子、做人造肉等的学习班,从头到尾全归他们管。我妻子就像从前在另外一个政府部门工作时一样,除了工资不高,奖金、福利什么的都很高。

本来我见此情形以为她终身有靠了,一颗悬着的心不由放进了肚里。不料就在我想趁此机会转身离去时,事情却发生了意外的转折。有一天妻子忽然对我说,她越来越觉得他们科长没安好心,理由竟是那家伙对她太好了,好得大大超出了上下级应有的关系。"总之一句话自从我来后，"妻子是这么形容的，"他对我的关怀和照顾简直达到了无微不至和孜孜不倦的地步。"本来我一听这话心里还挺高兴，很真诚地问她那你觉得他这人怎么样。却不料她板了脸对我道："你别想把我推给他，告诉你他是有妇之夫，连孩子都已经会买盐了。"我这才意识到问题的严重性，赶忙到书摊上买了本名曰《办公室兵法》的书，将其中教诲白领丽人如何应付花心老板性骚扰的段落都标了着重号，让她反复、着重地研读。本来我以为有理论指导着大概不会出什么事儿，但是没想到几天之后我妻子红着眼回来了。却原来那个蓄谋已久的人在这一天里终于出了格儿。这天有个快速养猪学习班请他们吃饭，席间科长一直假装胃疼让我妻子替酒，到散席时以为她喝得差不多不当家儿了，在出租汽车里对她动手动脚。却不料这三年我妻子在家里闲得百无聊赖，经常自己喝几盅闷酒，这点儿小酒根本没点住她的滚儿，被她一耳光打了个鼻口淌血。结果这事儿发生的第二天，妻子便被告知政府机关即将面临机构改革，正式工作人员都要朝外分流，临时工更有规定一律清退，三言两语便被扫地出了门。

妻子重又变成了一个无依无靠的人，作为她丈夫的我重又开始了连"扶"带"送"的辛苦奔波。公家的饭既然吃不成了，我们只得将目光转向了其他行当。然而这次的经历说起来更加令人哭笑不得。这次我为她找的地方是一家民营房地产公司，公司董事长兼总经理是我的小学同学，我是在与他失散多年偶然邂逅的时候，才知道他已经混成了家大业大的大老板。说实在的给资本家干活儿和给共产党干活儿就是不一样，其中最大的不同就是资本家根本不把人当人，恨不能把一个人当几个人，更确切地说是当几头牛使。我妻子没去之前说好了只是个办公室主任，可是去了之后才发现所谓办公室其实只有她一个人，她实际上还身兼着女秘书、女公关、打字员、勤杂工等好几职，几天干下来能认识的汉字只剩了一个那就是"累"。望着妻子每夜归来时的疲惫身影，我才真正深刻地体会到了社会主义的优越性。不过妻子对此倒是没有任何怨言，觉得只要能混碗饭吃再苦再累都没什么，干得十分得任劳任怨和死心塌地。但是没想到就连如此难端的饭碗她也没能端几天，一个月后开工资时她才发现这活儿再也没法干下去了。原因是她的董事长兼总经理看上去家大业大，其实那钱却一分都不是自己的。此人再早也是个国家干部，仗着在社会上有些关系辞职下海做起了房地产，才起步时什么也没有只有一套不知谁画的图纸，买地盖楼的钱都是通过关系借贷的。他原来的打算是边盖边卖，等楼盖起来了房也卖得差不多了，卖得的钱就"交了国家的，交了集体的，剩下都是自己的。"但是没想到等他那楼盖了一半房地产业突然不景气了，他把房价咬牙降了几降都无人问津，等于忙活半天什么都没落着就落一片半截子楼，而这时他欠的债务却到了偿还的时候。他的那些钱一部分是借银行的，另一部分是借私人的。我和妻子开始都不知道这里面还有这样一层背景，等到知道的时候说什么都晚了，此人已撇下偌大"家业"一走了之，藏到不知什么地方去了，警方向全国发了通缉令都没找着。可怜我妻子以如此端正的劳动态度，累死累活干了半个月，瘦得都不怎么像人了，直到找老板要工资时才发现，一群戴大盖帽的人正往老板房门上贴封条……

  我不想说妻子是多么伤心而我又是多么愤慨，我知道到这份儿上再说什么都白搭了，现在我该干的只有一件事儿，那就是给妻子再找个地方。此刻的我和妻子已经是这样一种心态，前两次的失败已使得我们对找份儿体面工作不抱任何幻想，就像所谓的"膻不膻是块羊肉"，这会儿只要有个靠得住的地方，哪怕再次我们也不准备再挑剔了。鉴于此，这次我在一家餐厅为她联系了一份儿服务员工作。服务员这角色过去叫跑堂的，充当这角色的差不多都是生活在最底层的人，一个人若非实在走投无路了，打死他也不会去干这种事情的。我让自己老婆这么干本来就已经很无奈了，但是没想到就连如此低下的一碗饭人们都不容她安生吃。事情是这样，我妻子这人有个最大特点就是勤勉，一会儿不干点儿什么手脚就觉得不舒服，这次她又把这一特点随身带到了这家餐厅里。本来她的具体分工只是端端盘子，但是由于勤勉天性使然，即使是在没盘子可端的时候她也没让自己闲下来，而是主动到厨房帮着择菜洗菜、打扫卫生。餐厅老板对此赞赏不已，并经常以她为榜样训斥那些懒惰的厨师，责令他们要时时处处向她学习。我妻子的这个特点本来是优点，但是没想到反而为她招致了祸殃。那几个屡遭老板训斥的懒惰厨师不仅没有检讨自己，反而"够不着房檐怨地矮、拉不出屎来赖茅池"，将错统统归咎于了我妻子，认为都是她的"假积极"才把他们衬落后的，想找机会出出这口窝囊气。某日他们见我妻子又到厨房帮忙洗菜，故意将一块泥巴丢进炒好的菜里，结果激起了客人的愤怒。偏偏被激怒的还不是一般的客人，而是那一片儿最出名儿的几个地痞流氓，没事儿还瞪着眼找事儿更甭说有事儿了，结果这伙人不仅没给钱反而把包间给砸了。老板在那些厨师挑唆下，反而认为是我妻子洗菜没洗净，二话不说炒了她的鱿鱼。

我就是从这时候起变成了一个愤世嫉俗的人。我妻子看到我一脸的悲愤表情，自己都觉得过意不去了，说："要不算了，你走你的别管我了。"但是我斩钉截铁地说："现在我哪儿也不去。"这时候我终于终于想明白了，譬如我妻子这样的人，一不缺胳膊少腿儿，二比谁都吃苦耐劳，可是在如此之大的世界里却连个吃饭的地方都找不着，之所以落到这种地步谁都不怨就怨她自己，怨她空有满怀谋生志向却没有一点儿谋生计能。假设她能像其他人似的有个一技之长，哪怕只是修个皮鞋补个车胎那样不堪的技艺呢，也能好歹混个一日三不饥，也不至于提着猪头找不着庙门，不管到哪儿都被视作可有可无的人，什么时候想踹出来便一脚踹出来了。想明白这一点我也想明白我应该干什么了，我目前的当务之急不是为妻子找个职业，而是先对她进行职业培训。

我对妻子进行了全方位综合分析，分析到最后认为她只有在算账方面勉强有些天分，这一点除了在她当家理财时给我留下过印象外，当年她在工商局工作时，一次单位出纳跟领导闹矛盾装病住了半年院，她在那段时间曾被安排客串出纳的角色，就在那一年里她被评为了单位的先进工作者。于是在征得她本人同意后，我为她报了注册会计师统考的名。这之后的半年时间里，我们俩的角色完全置换了过来。为了能通过半年之后的统考，我安排她同时参加了好几种名目的学习班，每天白天她都在这个或那个学习班里听课，每天晚上还要跟那些《经济法》《财务管理》和《会计实务》较劲到深夜。为了使她全身心地投入到学习中，我主动接替了从前属于她的家庭妇女工作，把一家三口的吃喝拉撒睡全部承包了起来。至于扮演这一角色的具体感受，我在这里就不多说了，因为家庭主妇这一角色有个这样的特点，尽管她每天都在不遗余力、身心疲惫地干着活儿，但真让她说说都干了什么她又实在没什么可说的，因为她所干的都是最最鸡毛蒜皮、不值一提的事儿。虽然这些事情都是最最不可缺少的。我在这儿想说的只有一句话——我，一个站那儿都能顶着门梁的大男人，换个人就是倒找我再多钱也休想让我去干这种事儿，但是为了让我妻子像个人似的走向她的新生活，就连如此没成色的事儿我都干了。

统考的日子越来越近了。统考的日子终于来临了。考试那天很可能是这个夏天最炎热的日子，有许多身体孱弱、神经紧张的考生都中了暑，整个过程中我都死等在考场外，为了抵御酷热我只得不停地喝矿泉水，喝得一地都是矿泉水瓶子。考试结束妻子出来时我迫不及待冲了过去，第一句话问："你觉得考得怎么样？"看到她笑逐颜开地点点头，本来我第二句话该对她表示祝贺的，但是我二话没说扭头就跑，因为再不跑就来不及了。我妻子在后面追着我问："你去哪儿？"我头也不回道："去尿泡尿。"

我知道从这天起妻子已不再需要我了，她已经能够一个人继续朝前走。

　　我妻子，不不，现在只能叫我前妻了，凭着她的会计师证书，很快在一家合资企业找到了适得其所的工作，并且通过努力的工作而被升任为了财务总管。不久前她又组成了新的家庭，婚后我们两家的关系一直很好，孩子虽然归我抚养，但是住在她那儿的时候比在我这儿还多。她和我现在的妻子——她从前的情敌，好得更是恨不能伙了一条裤子，俩女人经常在一起交流修理丈夫的心得和体会，根据自己的经验给对方出些馊主意，气得我和她丈夫一直想离间她们的这种关系。她丈夫是个很豪爽的人，得知我和他老婆之间的这段经历时，曾使劲拍着我肩膀说："行！哥们儿你够意思！"

与狼同在的日子

大头是我给我的狗取的名字。那时我在豫西嵩县一个小山村里插队,大头是我赶集时从一个农民那儿买的。我所以买它是因为别看当时它还是狗崽子,长得却像狼一样,懂狗的人都说它是狼狗。而我其时由于形容琐屑、弱不禁风,特别需要有点儿类似狼狗这样的东西在背后撑着,才不至于在健壮的人们面前自惭形秽。

果然没几天,大头就显示出了它与普通狗们的截然不同。它的生长发育速度特别快,当与它差不多大的狗崽子们都还只知道吃屎的时候,它便已有了犀利的触觉、嗅觉、痛觉和视觉,脑袋越长越大,胸腔日益宽阔,四肢强悍挺拔,耳朵也一天比一天支棱,站在狗堆儿里犹如鹤立鸡群,见过的人没有一个不说它像狼狗的。

我下乡时从家里带来一只口琴,当大头刚会自己吃食儿的时候,我便开始以琴声为语言,培养它的听觉系统。譬如,用几小节固定旋律不断刺激其听觉器官,使之对该旋律形成一种听觉表象;同时以食物刺激它的视觉器官，使之建立相应的视觉表象。久而久之，它的头脑中便会形成一个概念，只要一听到这个旋律，立刻便会联想到食物，意识到主人在告知它：吃饭时间到了。

我按简单易记原则挑选了一些俗歌断句，并配以相应的指令内容："老子英雄儿好汉"——起立；"老子反动儿混蛋"——卧倒；"要是革命你就站过来"——来；"要是不革命就滚蛋"——去……大头的领悟力和记忆力都非常之好，而且学习情绪特别高涨，在我的悉心诱导和灌输下，它很快接受和掌握了这种独特琴语，被我训练成了一条有理想、有追求、懂礼貌、守纪律的"五好"狼狗。

在大头成长过程中只有一个事儿令我烦恼，那就是它的发音器官似乎不健全，我从未听到过它像别的狗一样汪汪吠叫。正当我束手无策时，一件意想不到的事情发生了。一天它和村狗们玩得特别高兴，突然伸长脖子仰起脑袋，似也想学别的狗那样叫几声，以抒发胸中的喜悦之情，但是从它胸腔深处迸发出来的，却是一声极其刺耳的"嗷呜——呜呜——"的长嗥，吓得一群村狗如遭雷击似的窜开老远。

半天，房东刘队长拎起大头，掰开嘴巴瞅瞅牙齿，"喉"地啐出一口唾沫道："乖乖，养了一条白眼狼！"这时我也看清了，大头的满嘴犬牙较之常狗尖锐锋利得多，特别适合穿刺和切割皮肉，尤其那两对专用于割裂的"裂齿"，更为食肉猛兽所独有。一时间我目瞪口呆——没想到大头竟是一条不折不扣的狼崽子！

刘队长将一支土枪戳我怀里。我插队的村子在深山褶皱里，为了对付野兽几乎家家有枪。我明白刘队长把枪交给我的意思。我将枪筒指向大头的脑袋。这时的我还没从愕然中清醒过来。我看到大头正目不斜视地望着我，奇怪的是它一点儿也不害怕。也许它也意识到了自己嗥声的与众不同，这不同初露端倪便招致了敌视和危害，但它丝毫也不以为错为悔，更没有丝毫的自惭形秽，相反注视我的目光中竟透着非同凡响的自豪。这令我感到了深深的震撼。我先是难以置信它会是狼，接着又觉得它只能是狼，这才叫狼。这时的我蓦然明白了，为什么在那么多种类的狗中我独独偏爱狼狗了。我喜欢的根本不是狗，它们狗仗人势、无恶不作、欺软怕硬、嫌贫羡富；我喜欢的是狼，不卑不亢、独胆独行、宁折不弯、死而无怨。

"哐——"我手中的枪响了，但那是对天而放。

仿佛一夜之间，大头长大了，它体态剽悍、生气勃勃、热情奔放、如日中天，从头到尾都焕发出狼的高贵和不凡。它早已不吃我为之准备的现成食物，更不屑于乞讨别人的残羹剩水。它不仅没像我最初担心的那样给人们造成危害，而且从不偷鸡摸狗伤害禽畜。整个夏天，它都大步流星地奔驰于山野和灌木之间，扫荡着大大小小形形色色的野生动物。它完全具备了狼的优秀品质，高度自尊，洁身自爱，光明磊落，堂而皇之。但没想到正是这种卓尔不群为它招致了灾难。

夏秋之交的一段日子里，大头突然表现十分反常，食欲不振，坐卧不宁，每天狂躁地跑来跑去。一日我们正在山坡上转悠，它突然像是发现了什么似的，箭射而出消失在坡后。片刻，我听到一阵陌生而愤怒的狼嗥。跑过去一看，只见坡的另一面有三条狼，大头正和一条雄壮无比的灰色公狼厮打得不可开交。两条出类拔萃的雄性野兽各逞凶猛，翻、转、腾、跃、扑、撞、撕、咬，以牙、以爪、以肩、以头，以一切锋利猛钝的凶器搏杀着对方。而另一条体态窈窕、皮毛茸软的美丽母狼，则自始至终稳坐在草地上，兴奋地注视着眼前的浴血厮杀。直到这时我才明白大头为什么情绪反常了，原来这混蛋进入了发情期，而此刻它为了得到美丽的母狼，正以第三者的身份，与另一条公狼做着你死我活的野蛮拼杀。显然母狼不久前还属于那条公狼，因而那狼边打边回头，试图摆脱大头奔向母狼。而每当这时，大头便劲矢般横冲过来，挡在母狼前痛咬那公狼。对方体质终究不敌大头，越打越气馁，相反大头却越斗越昂扬，在它强有力的驱逐下，遍体鳞伤的公狼终于渐渐不支，难割难舍、痛苦嗥叫着退出了竞争，一步一回头地走向了深紫暮霭中的远山。

我给母狼取名叫太太。大头和太太真是天造地设的一双。它们在秋天金黄的山野中并肩奔跑、追逐嬉戏，其情其景就像人间伉俪一样生动感人。没想到它们的出双入对意外地激怒了村里的母狗。事情是这样，几乎就在大头成熟那天起，它的雄性雄姿便倾倒了所有的母狗，它们成群结队地尾随其后献媚邀宠，但是大头天生我材志在千里，对此辈蓬间雀们从不挂齿。这事儿按说责任并不在大头，然而极度失意的母狗们却不是这么想的，它们不仅没有从自身找差距，反而"拉不出屎赖茅池儿"，特别是当大头与太太公然出双入对以后，母狗们将胸中的愤怒都宣泄在了母狼头上。那日我正在秋阳下干着农活儿，忽闻村头狗吠狼嗥此起彼伏，村人们闻声都撂了活计朝村口跑，脸上的表情一个比一个激愤。我当时就预感到出大事儿了，跟过去一看果不其然，只见成群结队的母狗正像狂犬似的痛咬我的两条狼。

我从未见过如此血腥的场面。开始两条狼完全处于被动挨打局面。由于太太已怀身孕体态笨重，大头只能横在母狼和狗群之间，左冲右突地死死守护着爱侣，但因那一时期它沉溺爱河元气大伤，加之疯狗穷凶极恶死缠烂打，它的这种保护越来越捉襟见肘，疏忽之间群狗蜂拥而上，险些将太太撕成碎片。然而形势也正是在这一刹那颠倒过来的。伴随着母狼的怆然嚎叫，人们听到一声狞厉的长嗥，它发自大头的心胸深处，人们看到大头终于被激怒了。悲愤交加的大头犹如风暴一般冲入了狗阵。只见狼奔犬突，你撕我咬，尘烟四起，忽开忽合，不断有疯狗痛呼惨叫着败下阵来，或血如泉涌，或残肢断腿，或开膛破肚，半天才意识到是恶狼大开杀戒了。就在这时有人惊呼："刘队长刘队长！"刘队长扒拉开人墙，整个身体一下子僵硬了。只见横七竖八的狗尸上，两条恶狼正在夹击一条巨犬，那是刘队长家的看家母狗。太太四脚八叉钉在地上，衔着狗腿拔河一样朝后拽，大头死死咬住犬喉，前腿趴在狗胸前，脖颈奋力向外一甩，"哧啦"一声，硬是将大狗撕成了两片。

"我擦——"一直僵在那儿的刘队长被血腥惊醒了，"反了反了，白眼狼把屎屙到人头上了，你们快给我毙、毙了它。"话音未落枪声便响了。

伴随震彻山谷的枪声，一道白烟直扑太太立身之处，但就在这电光石火的一瞬间,大头一肩将母狼撞倒在地,以自己的胸膛抵住了枪烟,胸前一下子被打开了花。太太先是被这一意外惊呆了,接着像是受了极度刺激似的,龇牙咧嘴、披头散发向人群扑来。"哐——哐哐——"枪声再起,震耳欲聋,但是母狼置若罔闻毫不在意。这时奇迹出现了。人们原以为已死了的大头突然站立起来,以重伤的身体死死抵住母狼,将其向山林中驱赶。恨怒交织的太太想绕过阻挡冲向人群,但是大头毫不退让,胸腔深处不断发出哀劝的嗥叫。母狼蓦然明白了大头用意所在。屠杀仍在继续,大头正以生命的最后能量,敦促母狼独自逃命。一瞬间它涕泗滂沱,围绕大头来回奔跑,终于满腔悲愤地哀号着,一步一回头地穿过灌木丛林,逃向了层峦叠嶂的大山。

这事过后,大头经我全力救治侥幸生还,但伤好之后却彻头彻尾变了模样,目光空洞,骨瘦如柴,浑身皮毛肮脏蓬乱,说它是癞皮狗都有人信,完全失去了昔日的雄性风采,而且终日郁郁寡欢无精打采,彻底放弃了追猎活动,给东西就吃不给就饿着,整天整天趴在村口老槐树下,萎靡不振地望着母狼离去的山冈。就在这时候冬天来了。

冬天来了。对于兽类来说,与冬天联袂而来的是可怕的饥饿。随着大雪封山万物消寂,各种野兽由于饥寒交迫,开始袭扰村庄危害禽畜,而村人则开始在村口、山谷里设伏兵置陷阱。一时间荒村中鸡飞狗跳、土枪土炮、野兽惨叫声终日不断。

一天傍晚,山林深处蓦然传来一声悠长哭号:"嗷——嗷——呜——呜——"哀婉悱恻,孤苦无依,经久不散。这时一件令人吃惊的事情发生了。我看到颓卧多时的大头闻声站了起来，头部转向如梦如幻的远处山林，像对那声音做某种试探似的也嗥了一声："嗷——嗷——呜——呜——"这边余音未落远山嗥叫再起："嗷——呜——呜——啊——"断断续续的声音比前番更加凄苦寂凉。大头得到这声回应之后，没容我反应过来发生了什么事儿，已经向那呼号疾奔而去。

我看到大头不择道路、跌跌撞撞扑向村外谷地，而在对面林木凋零的山坡上，也有几团黑影迎面而来，那是一条母狼和两条小狼崽子。好半天，我才认出那是太太，胸口不由得一阵悸痛。太太一定饿了很久很久了，它的奔跑速度是那么慢，仿佛随时都会栽倒在雪地里。而两条小狼崽子更是气息奄奄，行将饿毙，秕得几乎就剩一张皮了。我远远呆立在雪地里。直到这时我才明白发生了什么。母狼一定是再也挨不住饥寒，为自己，更为幼崽儿们，来找公狼寻求援助的。

一连几夜，母狼哀恸的嗥声在山林中游来荡去。母狼丝毫不知道，它的嗥叫等于判了大头的死刑。自始至终，大头都蜷缩在老槐树下，似对那饥寒交迫之声充耳不闻，但从粗重的喘息和颤抖的腹部，可以看出它在极力压抑着满腔的痛苦和悲怆。

到第五夜大头终于站了起来。我知道它此去是要干什么，但我没有也不能阻止它，因为它是在履行一条公狼的义务。大头义无反顾地潜入村子，潜入了刘队长家的猪圈。它充满智慧地为酣睡的母猪哈气、搔痒，将蠢猪服侍得无比惬意无限信任地哼哼着，然后叼住母猪耳朵，用蓬松的尾巴不断轻打猪臀，哄着梦中的晕猪爬出猪圈走向野外。它成功了。当它将俘虏赶进那片雪谷时,太太和小狼崽子们欢呼雀跃,热烈地迎了上来。但是就在这时大头不见了,它掉进了村人精心设计的陷阱。几乎与此同时,荒谷中响起一片"抓住它了"的欢叫声。

村人们虽然恨不得即刻生啖狼肉,但是他们却没有立时杀死大头,而是在刘队长的大声吃喝下,将它高高吊在了老槐树的树杈上,并且在树下放置了满满一盆浓盐水。我明白他们是想以大头为诱饵,将母狼一并诱杀。村人们干着这一切时,个个眉飞色舞容光焕发,整个村庄都洋溢着节日般的喜庆气氛。

太太是半夜时候赶来的。这时人们已熄灭火把四散潜伏。看到大头四肢悬空高吊树上,母狼如寡妇哭丧般放声痛哭。它时而围绕村子转来转去,拉长尾音一声声号泣;时而盘坐在村口,一腔一顿地数落着大哭;时而悲极而怒霍然立起,对着村子高声吼喝。哭号整整持续了一夜。晨曦将现时,母狼由极度痛苦变成了暴躁狂怒,"哇"地喷出一口鲜血,不顾一切冲向巨槐跃扑公狼。它一次次跃起来,又一次次半途坠下。当苍白冬日姗姗升起时,它终于耗尽了全部气力,这时它看到了那盆浓盐水,一头栽进水中喝得露出了盆底。肚胀如孕妇的母狼再想起来却已不行了,它"噗"地卧倒在了雪地里。它断气的一刹那,七窍中涌出的全是血红的盐水。

蜷伏各家院落的村人几乎同时跑了出来,但在半道上又几乎同时僵那儿了。他们简直被眼前的情景震惊了。高高吊着的大头仿佛变成了一头怒狮,在绞架上惊心动魄地扭曲挣扎着,拽得枯枝咔咔作响积雪噗噗乱坠，锈铁丝终于承受不住它的狂暴铮然而断，掉在雪地上的大头一轱辘滚起，冲出人群消失在灌木丛中。

村庄感到了从未有过的恐惧。威胁来自一条公狼。它目光涣散肮脏不堪，渴了就地啃几口积雪，饿了胡乱吃几只小动物，累了随便找地方卧一会儿，醒来便肆无忌惮地袭击人畜。他的进攻方式神出鬼没无声无息。有一次一个老农去放羊，走到山坳拐弯处，突然发现这条狼踏雪而来，还没等他做出反应，六只山羊已被咬死在雪地上。还有一次队里一头健牛在坡地里啃麦苗，狼不知从哪儿窜了出来，一个跃扑便将巨畜放倒在地，鲜血肺腑四下流溢，待村人持枪赶到时凶手早已不知去向。总之它就像一个嗜血恶魔，不加选择地见什么咬什么，撂倒目标即扬长而去，从不留恋和贪食猎物。它的攻击完全不是为了充饥，它是在用鲜血宣泄着心中的仇恨。

村人们彻底被激怒了。那几日我回省城郑州看望父母，刚返回村子便被十几条土枪顶住了肋骨。刘队长想说什么但没成功，腮帮子一抖竟像个孩子似的哭出了声，说："先打他一顿再说。"话音未落我的裆部立刻挨了狠狠一脚，接着背部又挨了沉重一枪托，打得我像断了脊梁的癞皮狗一样栽倒在雪地上。村人们将所有悲伤和愤怒都倾泻在了我头上，只一刹那我便被暴雨冰雹般的殴打淹没了。

我不知第几次从昏迷中醒来之后，被村人们强行架到了村口大槐树下。他们企图让我用口琴，我和大头共同的琴语，将我的爱狼呼唤回来任其宰割。"白眼狼是你养大的，这畜生六亲不认只认你那口琴声。"

我当然按着他们的意思做了。到这时候我已没有别的选择，只能他们怎么说我怎么做了。我的琴声宛若受伤掉队的离群候鸟，在茫茫风雪中孤苦无依地游来荡去。本来我以为我这是在白费劲儿，此刻不知在何处的大头是不会听见的，即使听见它也不会理睬我的招降。它是狼，是我行我素的野兽，而不是任主人驱来使去的狗那样的家畜，更何况此刻正在仇恨和暴怒中，任何理性呼唤对它来说都不会再具有感召力。然而就在这时，冰拥雪簇的远山深处蓦然传来一声狼嗥，我听到村人们齐声惊叫："它来了！"

真是难以置信，我看到了大头，它出现在一块巨岩上，被白雪衬得像黑色剪纸。显然它听到了我的琴声，并且意识到了我的召唤，与此同时也看到了顶在我身后的刀枪。它先是感到无比惊骇，表情满是委屈和幽怨，似在责备我的变节和背叛；接着突然明白了我此刻的处境，意识到我之琴声已非寻常呼唤，而是濒临绝境者临终的呼救。它远远地来回小跑着，步态失控步伐混乱，一望而知满怀焦虑和急躁，似正困扰于一个难解的难题，又似在痛下一个难下的决心。跑着跑着它突然站住了，当它再次转过身时，我看到它神情忐忑但主意已定。它试探性地朝我的方向迈出一步，又迈出一步，起初有些畏缩和犹豫，但是很快坚定坦然起来。它向我跑过来了。

是的，大头向我跑过来了。这是我怎么也没想到的。这使得我又一次认识到，这是一条当之无愧的狼，一个冠冕堂皇的兽中之王，而不是狗一般的贱畜。一条吃屎的癞皮狗是决不会临危之际舍生取义的。直到大头跑进土枪射程之内，我才骤然省悟过来我在干什么，我正在亲手杀死我的至亲和最爱。一刹那间我热血激荡眶眦欲裂。我几乎竭尽全力地呐喊："站住，大头！别过来，大头！"但是已经晚了。几乎就在同一时间，我看到数十条火舌从不同方向喷射而出，仿佛数十条张牙舞爪的赤练蛇，最后归结于一点，将大头打得跳蹿而起，然后翻滚跌落下来……

大头，我欢乐时的美酒，痛苦时的良药，孤寂时的伙伴，黑暗中的明灯，就这样永远永远地离开了我。一刹那间我哭得就像个弃婴一样……

老寇的目光

说起来，我的写作之路上，一直都有老寇的注视和目送。

最早，是我二十岁时，发表了第一部中篇小说。其时，有个很火的青年刊物，叫《丑小鸭》，专发文学青年的处女作。如今的许多一线作家，都是由那里出道儿的。而我的这个中篇，就发表在那份刊物上，记得还配了一篇几千字的评论文章。因此，在当时，也算有点儿小影响。

然后，我接到了郑州作家协会的一封信，邀请我参加郑州市的作代会。就是在这个会上，我记得非常清楚，我遇到一位大龄青年。此人浓眉大眼，戴一副黑框眼镜，当时正在招呼会议签到。我向他报上我的名字，没想到他一听当即"哎呀"一声，如获至宝地拉住我的手："你就是铁军！可找到你了！"此人，就是寇云峰，也就是我说的老寇。后来，我才知道，老寇当时在作协工作，好像不是主席也不是秘书长，但作协的具体事物都由他操持着。我接到的这封会议邀请，就是他发给我的。他看到我的这个小说后，又激动又欣喜，觉得郑州又出了个文学新人,一直在到处找我。

就是从这时起,我开始了与老寇长达三十年的交往。

我不知道,老寇看上了我小说的哪一点儿。但我知道,自从我们认识起,他就一直将我视作可以造就的苗子,很着力地栽培和扶持我。事实上,我的写小说之路,在一开始走得很不顺畅。第一个东西发出来后,我又接二连三写了不少东西,但是出乎意料,竟然再也发不出来了。比如,其中一部叫《大爷》的中篇,我自己一次广州没去过,它就已经三下广州,先后被《花城》和《广州文艺》退过稿,直到很久以后,才在《作品》发出来。后来,当我分析自己的写作,认为造成这种情况的原因是,尽管我已经发了个小说,且产生了点儿小影响,但实际上直到这时,我还根本不会写小说。现在想想,这是有可能的。一个不会写小说的人,也有可能瞎猫碰上死耗子,发个小说并产生点儿小影响。这一分析结果,使我很是气馁,甚至一度对自己的写作产生过绝望情绪。

而我要说的是,尽管我自己都对自己感到绝望,但老寇对我的信心,似乎从来都不曾动摇过。不知为什么,他一直坚信我是块写作的料,总有一天会写出来好东西。正是基于这样一种看法,他在之后好几年里,一直在工作中力挺我。譬如,尽管我什么也发不出来,但只要作协有活动,特别是笔会之类的,他必要叫上我参加。那年月,不像现在,笔会都是玩的。那时候的笔会,一般时间都很长,经常是十天半个月。与会者,都要带上构思或稿子,就在会上进行创作和研讨。我就是在这些笔会上，结识了当时郑州已经成熟的几位作家，他们对我之后的写作，产生了很是不小的影响。再譬如，我当时的身份是工人，工作单位是一家制药厂，每天和药渣子打交道，很影响写作的情绪。他得知后，便多次主动找到厂里，帮助我请创作假，也就是与厂方商量，让我不上班写小说，但厂里仍给我开工资，一请就是半年几个月。厂子离作协很远，差不多穿越半个城市。我记得，那时他骑一辆破自行车。数九寒冬，他就是骑着这辆"叮咣"乱响的破车，冒着寒风横穿城市，去给我请创作假。正是在他的这种栽培和扶持下，多年以后，我的小说才终于得以写出了点儿眉目。

就是在这个过程中，我和老寇的关系，由作协工作人员和作协会员，渐渐变成了好友。而我，对他的了解也渐渐加深，越来越深。在我印象中，老寇这个人，最大的优点就是特别热情和热忱，是个"热心人"。说到这里，我不由得要说一件事儿。记得在一次会议上，一位农民出身的老作家，在谈到他们那地方的作协时，曾经非常愤慨地说，他最恨那些狗眼看人低的人，一个工作人员，有啥了不起的，装腔作势，见人爱搭不理的。那意思，我猜测，很可能他到他们作协办事儿，受到了某个工作人员的怠慢。我记得，我当时一听此话，不知怎么一下子就想起了老寇。我和老寇成为朋友后，有事儿没事儿就去找他玩。那位老作家说的事，我敢说在老寇那里绝对没有过。在那里，我不止一次地看到，他不管对谁——不管熟悉不熟悉，认识不认识，不管是来办事、来求助的会员，还是捧着习作来求教的文学爱好者——都满怀热情地让座倒水、嘘寒问暖，能帮的忙尽量帮，实在帮不上的，也要打电话、写条子，辗转问朋友。记得当时电风扇很不好买，而我们郑州的发电设备厂正好生产电风扇。某大学一位名教授，也是个著名文学评论家，就连这种事也找到老寇，问他能不能帮忙买台电风扇。恰巧，发电设备厂一名小干部也是作协的会员，老寇当场给这个干部打电话，帮教授买到了渴望已久的电风扇。由于老寇的这种热心肠，那一时期，作协成了全文联最为热闹的地方，许多会员有事儿没事儿，都爱去那里坐一坐、聊几句。有好几次我去时，屋里已经没地方坐了。在此以前，我一直以为，老寇的热心只是对我，现在才知道他对所有人都一样。

后来，老寇由于工作调动，离开作协到了《小小说选刊》。这一时期，我们的联系相对少了。联系虽少了，但并不是说，老寇对我的注视就少了。事实上，这一时期我们见面虽少，他的目光却一如既往地追随着我。选刊工作，就是阅读全国各地文学刊物，从中遴选优秀作品。而那段时间，恰逢我个人写作的一个小高潮，经常有小说见诸刊物。因此他在阅读过程中，只要看到我的名字，必要立刻先睹为快。看完以后还不算完，还要给我打电话，说刚在哪里看到你的啥东西，就那东西发表他的看法和意见。我写小小说写得少，后来偶尔写了一篇《俩老日》，发表之后立刻被他看到了，并在第一时间做了转载，同时在他的"寇子点评"中，撰写了一篇热情洋溢的评论。评论的名字，令我自己都感到惭愧，叫《不可不读陈铁军》。仿佛，像陈铁军这样的锦绣篇章，错过不读将是人生最大的遗憾。我记得我一看这题目，当时就有点儿冒虚汗。就是在这篇评论中，我再一次感受到，老寇对我的殷殷切切的情意。这情意，我一生都会记着。

这种情形，一直持续到老寇退休。是啊，时间过得真快呀，我觉得只不过才一眨眼，没想到老寇就退休了。老寇退休后，时间多了起来，我们的联系又多了起来。老寇的家里，成了我们几个朋友最经常的聚会处。他几乎每周一次地邀请我们，到他那里喝喝茶、喝喝酒，谈谈文学和人生。这期间，我的中篇小说《上等兵》发出后，被几家刊物同时转载，他也不知从哪儿看到了，没想到这竟成了我们那几次见面的主要话题。那些日子他只要见了我，必要说这篇《上等兵》，而且说得如数家珍、赞不绝口。他不仅对我说，还对那一时期他见到的所有人说。老寇是个情趣、爱好广泛的人，除了文友，还有一帮下象棋、打篮球、吹笛儿拉弦子的朋友，甚至对这帮人也说。最后说得这件事儿几乎无人不知、无人不晓。由此，我可以感觉到，他是由衷地在为我高兴。这使得我想起，我认识的另外一些人，谁比他们混得好，他们就生谁的气，气得鼻子不是鼻子脸不是脸。这样一比较，我觉得老寇真是一个高贵、无私、磊落的人。

就是在说这个东西的当儿，有一次老寇问我："最近又在写什么？"我对他讲了我正写的一个小说，《玫瑰玫瑰，我是夜莺》。大概情节是，一个国民党特务，国民党败逃台湾时，上司留给他一部电台，说党国一定会东山再起、卷土重来，让他潜伏敌后、等待呼唤，到时配合党国的反攻。从此，上司的这句话，就成了他一生的信念。为此，他用了整整一生来等待。没想到,他苦苦等待的东西直到最后也没来……老寇听了,大感兴趣,说写完了一定要让他看看,而我也一口答应了他。这之后,几乎每次见面,他都要问我:"写完了没?"这个东西,我原拟写个中篇的,但是写着写着,觉得这样的材料写成中篇浪费了,最后决定展开来写成小长篇。而长篇,最大的特点就是没完没了。这使得,老寇每次问我:"写完了没?"我都只能回答:"还没呢。"

就在这时,我记得很清楚,那几天我在北戴河中国作协创作之家休假,忽然接到挚友的电话,说老寇脑出血,被送进了医院,正在重症室抢救。我一听当时就懵了。我认识好几位脑出血患者,我本人也曾脑梗过,他们最后几乎无一例外都成了,眼睛和嘴乜斜着,手撮得就像鸡爪子,走起路来一侧歪一侧歪的。当时我还以为,这可能就是老寇最坏的结果了。就这我都觉得难以接受。因为他性格阳光、热爱运动,一直是我们中身体最好的人。我很难接受,这种事竟会落到他身上。几天后我回到郑州,第一件事就是到医院看望他。没想到他竟仍在重症室,而且医生不允许任何人进去探望。询问他的爱人,得到的答复竟是,医生已经宣布他脑死亡,现在心跳全靠机器维持着。我记得我当时一听这话,只觉得脑袋"嗡"的一声,眼前的景象似乎一下子全变成了黑的。

没几天,得到消息,老寇去世了。

又没几天,《玫瑰玫瑰,我是夜莺》终于写完了。

我不知道这么说你信不信,当我写完最后一个字的那一刻,心里只有一个想法——终于写完了,可是老寇已经不在了。

如此，也只好这样了。我是说，也只能到出书后，到寇兄的灵前烧上一本了。

这么想着，我觉得人生真是无常。

现在看来，老寇确是我写作道路上难得的挚友。我这么说，并不是他在怎样写的问题上给予过我多大帮助。事实上，老寇一直是个有趣的人，不管对谁都爱说助兴话，而很少说扫兴的话。而我本人，在写作上又特别执拗，一直按着自以为是的道路前行，很少倾听相反的意见。这就决定了，老寇在技术上，的确不曾帮过我多少忙。老寇所做的一切，只是默默地在一旁，用他那诚挚的目光看着我，就像一位慈祥的兄长，看着告别故乡、外出闯荡的小弟。

这还不够么？

真的足够了！

一个人，不论他走到哪里、走向何方，不论他的道路顺还是不顺，不论他正在享受幸福还是遭遇不幸，都被一个暖暖的目光目送着、陪伴着，想想，这是何等的幸事。

而现在，当我终于失去了这目光，才无比痛切地感到，一个人在路上，是多么孤独和寂寞……

谁管谁叫爸爸

对我人生影响最大的人，数来数去当数我儿子。

儿子还没来到人世前，就已影响或者说干扰了我。我这人一辈子胸无大志，最大的人生追求就是吃个肉喝个酒，我老婆却不知听谁说酒精有害优生优育，并且有根有据道李白就是因为喝酒把子孙坑害了，他的后代中再也没人写出他那水平的诗歌来（纯属扯淡）。她坚持要我除非先把酒戒了，否则绝不与我生儿育女。就好像生儿育女是我们个人的事儿，而不是为了革命事业培养接班人。虽然我对她的谬论嗤之以鼻，但是为了千秋大业后继有人，还是咬牙把最亲爱的酒壶砸巴了。一个我连面儿都没见的人，却已经改变了我的生活，这种事儿除了我儿子别人谁也办不到。

儿子还不会说话，又借他妈那口再次改造了我。我年纪虽只三十嘟当岁，却已有了二十年的烟龄，也就是说少年时代便已顶着学校和家长的压力把烟叼上了。后来多次咬牙切齿地想戒掉，甚至写下过"人无志,不如狗"的座右铭,但每次都是戒了没几天,宁可背个狗名也不往下再戒了。但是自从有了儿子后,老婆只对我宣讲了一次被动吸烟的危害性,身强力壮的成人都有可能被熏出个好歹来,更别说什么抵抗力都还没有的孩子了。为了儿子能像花朵似的健康开放,没容她把话说第二遍,对当狗都不在乎的我,竟然嘱儿都不打地就把烟掐了,而且以后再没点燃过。

由于从小到大没怎么离开过我所生活的城市,所以从小到大我一直操持着这个城市的方言,我和我的故乡人甚至十分反感那些在方言群落里与众不同地使用普通话的人,认为这种人都是孔老二的裤头——装圣人蛋。但是自从儿子开始说话后,老婆不容商榷非让我也改说普通话不可,理由是为了让孩子学好普通话,父母必须得为他创造必要的语言环境。按着人活七十古来稀这个算法儿,三十多岁的我就算黄土埋半截儿了,没想到为了儿子还得放弃操持半生的"母语",从头学说普通话。直到事隔两三年后的今天,我的不三不四的普通话还在遭受着人们的耻笑。

从前我一直是个吊儿郎当的人,用我父亲的话说就是"站没站相坐没坐相",走起路来一瘸一拐,到哪儿都是半躺半坐,不管穿什么衣裳都敞着怀,动不动把臭脚伸到桌子上……父亲为了纠正我的恶习就差没把我嘴抽歪了,可是到底也没收到丝毫的成效。但是自从儿子开始站立行走后,年逾花甲的父亲吃惊地看到我完全换了一个人,一举一动都是那么有模有样,就跟一个小兵被长官喊了"立正"一样。是的,我几乎没用任何人再废话，就自我改正了当年打都打不改的臭毛病。我之所以这么做原因很简单，我是在为儿子做榜样，希望他能像小树一样正直茁壮地成长。

直到儿子出生前我已辞去了几份工作，我只用一句话就能说明我不愿工作的理由——冬天太冷，夏天太热，春秋天不冷不热大好时光搭在工作上可惜了。可如今的我不仅主动谋求了一份工作，而且工作态度比任何一个先进工作者都端正。自从我第一次被人叫作爸爸的那一刻，就深深意识到我再也不能像从前似的不良不莠，怎么轻巧怎么省事儿怎么活着了，因为此刻的我已不再是个一人吃饱全家不饥的人了，既然我答应了给一个人做爸爸，就得负起对这个人应负的责任了，起码不能让他吃了上顿没下顿，让人家一看见他就怀疑我这个爹是后爹。

如今的我不抽烟、不喝酒，挺胸腆肚、冠冕堂皇，不管跟谁都是普通话，工资一分不多拿，上班比谁都去得早，从前的朋友见了无不惊讶道："嗨，你孙子什么时候变得像个人了！"每当我听到这话心里就气闷——我儿子此刻才八岁，就已把我修理成这德行，以后的日子那么长，到时候不定把我篡改成什么模样呢。

你曾如此深刻地感动过我

　　我和与之结婚的那个人事先不认识。介绍人向我推荐了他的一个叫三儿的女同事，我稍微面试一下之后觉得不行，具体哪儿不行我也说不出个所以然，总之是无法想象这就是我将与之共同生活的人。不想一见之下她倒觉着我这人还行，很可能觉得我是一个可以共同生活的人，从那儿以后也不管我愿不愿意，便只管在饭时儿来开了我们家。来得多了她自己都觉得有些难为情，完全是出于壮大自己行色的意思，再来时便捎带来她的一位叫燕儿的女同学。没想到她这么一带人令我一下子发现了她哪儿不行——她本人每次都是吃了饭站起来就走，而她的女同学却每次都是吃了饭留下来刷碗。当然这么说可能太具体了点儿。这使得我不由产生了她的这个女同学还不错的想法。因为这时候的我年纪已经比较大了，对人生早已形成了各种各样实用主义的想法，而对婚姻我的想法是结婚就是过日子的，所以对未来妻子的要求也仅只是能过日子就行。于是一段时间以后这个燕儿便成了我的妻子。

是的，我和燕儿是在一段时间以后才成为夫妻的。之所以拖了这么长时间，主要是因为就在我们产生了说事儿念头的同时，另一个念头也随之产生了，那就是这么做太对不起三儿了。作为我来说，总觉着是将一件许给过三儿的东西又给了别的人，尽管事实上我什么都不曾许诺过。而作为燕儿来说，则觉得是将一件原属于三儿的东西偷偷地占为了己有，尽管事实上这东西从来就没属于过三儿。这种惭愧感使我们不约而同做出了一个决定，说什么也得等三儿先婚了以后我们再婚，仿佛只有这样我们才能心安理得名正言顺。我们采取的办法是开始源源不断为三儿介绍对象。我们原以为这是一项长期而艰苦的工作，三儿不是一个患有大脑炎后遗症的人，不会看不出我们这么做的动机和用心，任何一个要面子的人都很容易将这视为一种伤害，因此我们猜测我们的这种努力将会遭到她的断然拒绝。然而事实完全出乎我们的意料。当我们第五次将一个男人领到她面前时，她竟以一种怨妇似的目光凝视我半天，然后说了一句令我们如释重负的话："既然你们觉得行，那就是他了吧。"直到她这话说出口来我们才有点儿后悔，因为没有料到她会答应得如此爽快，所以我们在物色候选人的时候不是很挑剔，直到这时我们才发现，我们向她推出的这个男人长得太对不起她了。就这样一个月之后，三儿如我们希望的那样结婚了。我和燕儿在喝了她的喜酒之后不久，也请她和她丈夫喝了我们的喜酒。

这之后我很长时间没有再见到过三儿，这期间甚至很少很少想起过她。事实上自从我们各自成家后，彼此的关系已经形同路人了。原以为我和她之间也就是这么点儿事儿了,没想到就在我儿子都快一岁了的时候,某天我在大街上偶遇了她的丈夫。这个要不是我现在都难找着老婆的人,对我说的第一句话竟是:"你可把我坑惨了!"原因是我给他介绍的这个老婆有严重的精神和心理障碍。谁家都有各种各样的不称心不如意,正常人们都是尽可能心平气和地处理它,但是他老婆却正相反,不管是他做错了事还是说错了话,不论这错误多么事出无心和微不足道,甚至有时候他什么错也没有只是她看着不顺眼,都会致使她气塞胸臆、气急败坏、气炸心肺,从而招致一顿没头没脑、劈头盖脸、歇斯底里的发作。她的宣泄手段开始还只局限于摔盆打碗和哭闹叱骂,后来很快发展到打砸电视音响VCD、撕毁书本证券人民币、用剪子戳铰沙发窗帘和自己头发,甚至将整瓶白酒倒在被褥上意图将家业、丈夫和自己一齐焚毁。她的发作周期开始还只是几个月一次,很快发展到一个月几次,甚至一星期几次,到最后仿佛随时随地都有可能爆发开来。这个丈夫现在每时每刻都生活得提心吊胆、战战兢兢,所有的神经都处于高度敏感和紧张状态,唯恐稍微不慎触怒了她,为自己招致又一次灭顶之灾。这于他来说简直就是一种非人的折磨。此刻他已被折磨得人不像人鬼不像鬼,整个人几乎都要崩溃了。他说:"我再也受不了了!"尽管这个丈夫说得声泪俱下活灵活现,但当时我却并没怎么太在意。我原以为这只是他们两口子的事儿,与我没什么关系。没想到这事儿与我有关系。

信是三儿离家出走时留给丈夫的,她的丈夫又将它转寄给了我。据她丈夫说，她是不辞而别突然失踪的，谁也不知道她去了何处现在在哪里。她在信中只对丈夫简要说明了出走的原因。她是这么说的："我们的婚姻从头到尾都是个错误，但是错不在你而在我。认识你之前我曾爱过一个人，这个人却爱上了我的女同学。我不知道你对爱这个字儿怎么想，反正我认为爱就是毫无保留地把自己给对方，哪怕牺牲一切也在所不惜。完全是出于这样的动机，我不假思索嫁给刚刚认识的你。非常对不起我其实是在利用你，利用你来缓释我爱的人对我的歉疚之意。这件事情做得既成功又失败。成功的是那个人终于问心无愧地娶了他所爱的人，失败的是它给我们的生活带来了无穷无尽的痛苦。是的，在我们短暂的共同生活中，我将所有的失意、焦虑和愤懑都迁怒于了你，给你造成了那么多那么深的痛苦和伤害，尽管这一切都不是有意的，对此我感到很抱歉。而这也正是我要离开你的原因——我再也不愿使你感受到更多更深的痛苦和伤害了。"直到这时我才明白，三儿所以那么匆忙就接受了我和我妻子草率推荐给她的人，完全是为了我们能够得到解脱。

　　我是在这天的黄昏时候收到这封信的，其时我正准备收拾东西下班回家去。当我读完它之后许久才发现，不知什么时候我的泪水已经流了一脸。我的泪当然是为三儿而流，但却不是流给她的伤心和不幸，而是流给她的动人和美丽。这个城市所有的人都在脚踏实地、目不斜视地生活着，没有人好高骛远地去奢望和追求任何不切实际的东西，整个社会都洋溢着浓厚的务实气氛，包括我本人也因为这个月奖金发得不够数，而刚刚和单位领导脸红脖子粗地吵了一架。然而就在这样一个唯物的世界里，却有一个人如此倔强如此执着地固守着一份唯心，而且不惜为此做出出人意料的事情来，这是何等的难得一见和弥足珍贵，这怎能不令人热血荡漾热泪盈眶。我的眼泪中包含的内容，除了为之感动，还有自惭形秽。当然如果现在让我重新选择，我仍有可能选择我妻子而不是三儿，因为生活毕竟是生活。但是正因为如此，庸庸碌碌的我和这个世界在她面前才显得卑微和琐屑。

陕北的酸曲儿

要吃冰糖嘴对嘴

在陕北，人们无论喜、怒、哀、乐，都喜欢用民歌的形式表达心意、吐露心声。陕北话管这叫："女人忧愁哭鼻子，男人忧愁唱曲子。"

陕北民歌反映的社会内容十分丰富，可以说家事国事天下事无所不有，而其中反映爱情、婚姻的情歌，据民俗学家调查，占全部民歌的70%。

情歌在陕北被叫作"酸曲儿"。在陕北的梁峁沟壑间，人们无论表达对美好爱情的追求、对封建婚姻的反抗，还是男人为生活所迫走西口、女人难分难舍千叮咛万嘱托，都会不约而同地选择"青草开花一般般高，唱一个酸曲解心焦"。

哥是天上一条龙，妹是地上花一丛。

龙不翻身不下雨，雨不洒花花不红。

　　这首流传于四川一带的情歌，构思奇巧，以物喻人，借自然现象唱出了男女之间的欢爱之情，既达到了有声有色的效果，又不伤诗书礼乐之大雅，是一首很有格调和品位的情歌！

　　但是陕北酸曲却不是这样的。陕北这个地方很独特，在几千年的漫长历史进程中，它既生活在孔孟之道的阴影之中，就像中国其他地方一样；又被匈奴、鲜卑、蒙古等非文明民族统治时间较长，封建礼教对它的浸润、渗透相对薄弱。这就决定了生活在这里的陕北人，天生粗犷、奔放，勇于张扬个性、追求自由，也决定了陕北民歌，特别是陕北情歌不是吟、哦、咏、叹，而是对自然、对生活、对生命的最原始最真切的情感体验。

　　也就是说，陕北人要么不唱，要唱就绝不扭扭捏捏、羞羞答答。他们总是用最为直接的口头语言，抒发着最最诚挚的爱与恨、情与仇。尤其是他们的情歌，几乎就像陕北的秦椒一样，红尖尖、火辣辣、热烘烘的，令人只一听便面红耳赤、血涌心跳。

再不要唱曲打哨哨，摇一摇门环我知道。

要来你就后半响来，大人娃娃都不在。

大门关住你翻墙来，怕人听见你手提上鞋。

　　黄狗咬来你喂干粮，黑狗子咬来我给你挡。

多么直白、大胆的邀约，令人很难相信它竟出自一个小女子之口。

　　一对对狗娃朝外咬，好像那哥哥又来了。

　　来了来了咋来了，对面那峁上过来了。

　　来了来了咋来了，对面那坡上过来了。

　　来了来了实来了，推开那门门进来了。

多么热情、热烈的期盼，这简直就是一股不可掩抑的滚滚热浪。

　　听见哥哥的拉话声，我黑眼眼对准门缝缝。

　　听见哥哥唱着歌来，我热身子爬上冷窗台。

　　听见哥哥的脚步响，一舌头舔烂两格子窗。

　　双扇扇门来单扇扇开，叫一声哥哥你进来。

多么强烈、强劲的迎接，扑进这样一个炽热的怀抱，怎能不令进来的哥哥——

　　一把抓住妹妹的手，有两句话儿难开口。

抓起胳拉起那个手，搬转肩肩亲上一个口。

把住情人亲了个嘴，肚里的疙瘩化成了水。

是的，"把住情人亲了个嘴，肚里的疙瘩化成了水"。在感情色彩浓烈的陕北情歌中，情人相见、相聚，从来不是虚情假意、繁文缛节的，从来不做可有可无的表面文章，从来没有不必要的过门和铺垫，而总是直截了当、开门见山地，进入到男女关系（或者说爱情）的核心世界，在那个灵与肉如漆似胶、水乳交融的世界里，说唱着对爱字的与众不同的朴实理解和真知灼见。而正是这一点，使得陕北情歌成了不同于其他地区情歌的真正的酸曲，字里行间充满了对情爱和性爱的自由描画——

要吃砂糖化成水，要吃冰糖嘴对嘴。

砂糖冰糖都吃遍，没有干妹妹唾沫甜。

一把搂定妹妹腰，好像大羊疼羔羔。

羊羔羔吃奶双膝跪，搂上亲人没瞌睡。

妹是哥哥命蛋蛋，搂在怀里打战战。

墙头上跑马还嫌低，面对面睡觉还想你。

九月里菊花开，五哥把我抱在怀，双手解开丝裤带，三回五回尽你来。

蝴蝶翅儿上下飞，采得那个花儿颤巍巍，倒翅落在花枝上，任凭雨打风来吹。

如果说这些还只是人物内在情感的自然流露，那么下面几首在陕北民间广为流传的酸曲，则由里及表、生活生动地刻画了人物的行为动作——

  满天的星星没月亮，
  哥哥给我脱衣裳，
  亲个小嘴舌尖尖香。
  忽听门外什么响？
  鸡叫了五更天要亮。

  荞面那疙瘩羊腥汤，
  肉肉贴住绵胸膛，
  手扳胳膊脚蹬炕，
  越亲越好不想放，
  死死活活相跟上。（《死死活活相跟上》）

一点不假，"要吃砂糖化成水，要吃冰糖嘴对嘴"，在自由、奔放的陕北人看来，只有"嘴对嘴""肉贴肉"的爱情，才最自然、最健康、最真挚、最炽烈，才是爱到肉、爱到血、爱到心、爱到骨子里的，才能咀嚼、吮吸、品尝到冰糖一般的甘甜。如果不是这样反倒是不可思议的——

> 三十里明沙二十里水，
> 五十里的路上来看你，
> 半个月跑了十五回，
> 就因为看你我跑成一个罗圈腿。

> 过了一回黄河没尝过黄河水，
> 交了一回朋友没亲过妹妹的嘴，
> 买了一回席梦思没和妹妹睡，
> 叫一声妹妹你看我后悔不后悔。（《半个月跑了十五回》）

这就是陕北的酸曲儿，它是那么有棱有角、直白直露、野性野气、不羁不驯。也许它只是孔夫子所说的"恶郑声而乱雅乐"的"郑卫之声"，不足以让那些伪民歌手在大雅之堂大声演唱，但是它的原生原始和原汁原味，却像王国维在《人间词话》中所说的"粗服不掩国色"，使得一切诗人的歌咏爱情的华丽诗篇相形见绌、黯然失色。

难道不是么？让我们随意拈取一首在陕北妇孺皆知的酸曲，与古往今来任何一篇著名的爱情诗章放在一处，你们有兴趣的话不妨做一比较，看看二者究竟谁更文学。

一更子里来叮当响，

情郎哥进了奴的绣房。

娘问女孩什么响？

为娘你是听，

春风风刮得门闩闩响。

响叮当。

二更子里来叮当响，

情郎哥上了奴的牙床。

娘问女孩什么响？

为娘你是听，

红绣鞋脱在踏板上响。

响叮当。

三更子里来叮当响，

情郎哥与奴配鸳鸯。

娘问女孩什么响？

为娘你是听，

大狸猫跳在碗架上响。

响叮当。

四更子里来叮当响,
情郎哥翻身睡得香。
娘问女孩什么响?
为娘你是听,
小金莲蹬得那床板板响。
响叮当。

五更子里来叮当响,
情郎哥出了奴的绣房。
娘问女孩什么响?
为娘你是听,
隔墙的王干妈她上早香。
响叮当。(《叮当响》)

记得弗柯说过:"性,始终被认为是人类最'深刻'的真理藏身和表白的地方。"如果说"性"之一字的确反映了人性最源头、最根本的东西,那么生存在陕北酸曲中的这些鲜活灵动的性话语,是否为我们更加深入地认识那方水土那方人打开了一扇窗户。

老郑州的莲花落

旧时代乞丐大约可分三种。一种叫"笨要",也就是求爷爷告奶奶地哀声乞求。一种叫"苦要",也就是以极其凶险和痛苦的方式,给善良人们造成无法承受的精神负担,使人为了解除负担不得不给他们钱。如擂砖——用砖头猛击自己的胸部;吞刀——把长刀插进自己的咽喉;嚼瓦——把瓦片像嚼冰糖一样咔嚓咔嚓地吃掉;顶香——将铁钎钉在头顶然后燃上线香或红烛。还有一种叫"巧要",也就是依赖某种专长或技艺,赢得人们的欢心换取人们的施舍。如说书的、唱曲的、舞枪的、弄棒的、玩猴的、耍熊的。而在"巧要"中有一种叫作"打莲花落"的,特别值得咱们在这里说一说。这种乞丐一手打着两块大竹板,一手抖着一串小竹板,大小竹板交错发出"嗒哩咯嗒"的清脆声音,在大街小巷中一边行走说唱一边挨家讨要,说唱的内容都是乞丐自己即景即兴现编的,也就是说看到什么唱什么、见到啥人说啥话,不管说啥唱啥都伶牙俐齿、有板有眼、朗朗上口、合辙押韵。

旧郑州打莲花落最为有名的，是一个名叫潘金智、人称"潘丐王"的人。此人不仅有触景生情、现编现唱的本领，而且除了能说会唱一些常见的奉承话外，因为那时的乞丐多是在繁华商业街上沿街讨要，还能将所见摊贩、店铺的生意、商品，以及商品名称、产地、特点、性能等编进唱词，现炒现卖。譬如他来到一条繁华商业街，一进街口便嬉皮笑脸说唱起来：

"竹板一响进街来，一街两厢好买卖，金字招牌银招牌，东拉西扯挂起来。这一两天我没来，听说掌柜的发了财，掌柜发财我沾光，您吃饺子我喝汤。打着竹板到门边，叫声掌柜的给俩钱。没有零钱有元宝，您有元宝我能找。没有钱，给把米，出门主人不拘礼。没有米，饭也行，人不落难不求人。好话说了这么久，恭请掌柜快出手。你拿钱来我就走，双脚离开你门口。双脚走出你门外，你图安生我图快。你图安生把财发，我图快来转回家。"

走着走着看见前面一家理发店：

"正行走，抬头看，面前就是理发店。理发店，理发堂，玻璃宝镜挂满墙。玻璃宝镜四面安，螺丝转椅放中间。军剃前，民剃后，僧道两门剃左右。不论天子并王侯，抓住头发水里揉。不管公卿和宰相，抓住头发不敢犟。理发店里好手艺，一年四季好生意。

生意好，俺沾光，手托莲花来拜望。君拜君，臣拜臣，叫花子专拜大量人。人量大，海量宽，刘邦量大坐江山。人量大，福也大，李渊量大坐天下。"

走着走着看见前面一家杂货店：

"做官要做宛平县，开店应开杂货店。宛平县官三块印，上管君来下管臣，剩下一块管黎民。杂货店，货物全，这不卖钱那卖钱。又卖酒，又卖烟，糖果、罐头和饼干。大盐贵、小盐贱，井盐出在应城县。卖爆竹，卖鞭炮，喜庆宴席它当道。大红蜡，小洋蜡，初一十五敬菩萨。精制火纸薄又薄，出在江西二道河。香菇出在北口外，陈州专产黄花菜。黄花菜，不用刀，味味都放辣胡椒。辣胡椒，辣又辣，出在印度尼西亚。"

走着走着看见前面一家豆腐店：

"站在大街表表古，听我唱段卖豆腐。发明豆腐是槐然，改良豆腐是韩如。三国关公卖豆腐，也曾坐过荆州府。唐朝韩愈爱豆腐，文坛开山一鼻祖。宋朝宰相名赵普，他最爱吃嫩豆腐。大豆腐，小豆腐，油炸豆腐炖豆腐。豆腐渣，包包子，豆腐浆水洗衣服。豆腐贱，养料足，吃肉不如吃豆腐。杨五郎出家不动荤，拿着豆腐当人参。一行和尚不吃肉，手捧豆腐吃个够。豆腐干，味道香，还有腐竹和千张。您的生意真不错，发财全靠一盘磨。您的手艺好手艺，一年四季好生意。"

在挨家挨户的讨要过程中，说唱内容也根据讨要成功与否不断变化。也就是说给钱的时候说一套，不给钱的时候说的又是一套。比方他来到肉店门前，向卖肉的讨要道："打竹板儿往前走，前面来到肉市口。掌柜的肉是好肉，一刀两刀割不透。"讨要不成便改口道："掌柜的肉是孬肉，膘子薄，肉又瘦，卖到来年六月六，生了蛆，发了臭，看你难受不难受。"来到卖锅盔的摊儿前，便向卖锅盔的讨要道："走一步来又一步，前面来到锅盔铺。掌柜的锅盔大又圆，吃了一个管一年。"讨要不成便讽骂道："锅盔薄，锅盔小，掌柜的锅盔卖不了。卖不了，长了毛，喂狗狗都把头摇。"来到卖棺材的门儿口，便向卖棺材的讨要道："打竹板儿迈大步，前面来到棺材铺。掌柜的棺材真叫好，装上死人跑不了。"讨要不成便诅咒道："好人难开求人口，望你掌柜的帮把手。你不帮手我不去，熬到你睡进棺材里。"

如果正巧碰到街里有人家办喜事儿，便说什么也要讨杯喜酒喝："打竹板儿呱呱叫，凤凰成双哈哈笑。主人喜庆天地亮，听我三贺把喜道。一贺夫妻和睦好，恩恩爱爱俩活宝；二贺夫妻会发财，芝麻开花节节高；三贺来年生贵子，早早就把龙蛋抱。"喜酒喝不成便故意恶心人道："兄弟兄弟你大喜，里里外外全是礼。放着喜酒不让喝，留着自己醉糊涂。糊涂走路掉沟里，淹死留下个小寡妇。"

有时候碰上特别不好说话的人，哪怕你说下大天来，就是不理你这茬儿，便索性耍赖道："好话说了这么久，掌柜还未开金口。你不给钱我知道，你老想听莲花落。莲花落，小玩意儿，比不得搭台唱大戏。想听戏，搭戏台，梆子二簧唱起来。京、汉、楚，花鼓调，最好莫听莲花落。你想听来我就唱，我按时间来算账。唱得久来拿得多，别说叫花子把你讹。我说这话你不信，几条街上问一问。那个商店唱一响，偿我白银整十两。"不信你不拿出钱来打发他。

这哪里还是行乞，简直就是民间说唱。正因为潘金智这独具匠心、独树一帜的说唱，把行乞这一行当化腐朽为神奇地创造发展成了一种生动的民间艺术，使之不仅具有伸手要钱的实用价值，同时也具有了取悦施主的娱乐功能，据说在当时深受广大人民群众的欢迎和喜爱。一直都有学者认为，民间说唱和许许多多其他民间艺术门类一样，具有"辅史"和"补史"功能，通过对它的考证可以了解当时的社会风貌和风土人情。至少，我们能通过潘金智那包罗万象的莲花落，感受到昔日郑州栩栩如生的市井和商业生活。

两棵树

我们对某个地方的记忆,常常并不是记着它的全部或全貌,而只是记着它的某一点、某一面、某一个细节或局部。就像人们记住某个人,常常只是记着他(她)的眼神或微笑。

我对嵩阳书院的记忆,就是如此。迄今,这个书院,我已去过三次,但每当念及,首先想起、印象最深的,只是书院中的两棵树。

是两棵老树。确切地说,是两株古柏。当地人,管它们叫"大将军"和"二将军"。

二位"将军",真可谓廉颇、黄忠一样的老将了。它们老干盘根错节,老枝扭曲缠绕,老皮皱皮开裂,老骨凸露突出。"大将军"就像一个耄耋之人,已经老得勾肩偻背、身躯歪斜,给人的感觉随时都会仆倒在地。"二将军"更是主干开裂出一个树洞,甚至人都可以从洞中直立穿过。虽然,它们的枝头,至今青郁葱茏、浓荫蔽日,但这青翠反将主干虬枝衬得愈加高古和苍黄。令人一见,十个人中有十个都会生出这样的感叹:"真是——廉颇老矣!黄忠老矣!"我至今仍记得,我第一眼看到它们时,这种油然而生的苍老感、沧桑感和苍凉感。而,恰是这种感慨,使我铭记住了这两棵树,以及有着这两棵树的嵩阳书院。换句话说,如果不是这两棵树,嵩阳书院——尽管我已经去过三次——很可能不会给我留下什么印象。

至于两棵树到底有多老——开始我一直以为是先有书院后有树。不是么?按着现在的生活习俗,都是先把地圈起来,房盖起来,然后才说栽树种花的事儿。如果这样的话,书院据说始建于北魏,距今1500年左右,它们的树龄应有1500岁了。这,本已是一个令我敬畏的岁数。你想,我爷爷才多大呀?这岁数当我祖祖爷都富富有余了。没想到当地人却告诉我:"哪儿呀!这是两棵汉封柏。"并给我讲了这么个故事——西汉元封六年,汉武帝巡游中岳嵩山,来到峻极峰下,也就是现在嵩阳书院这一带。先是看到一株森然巨柏,对它卓尔不群的高大、繁茂赞叹不已,张口就赐封它一个"大将军"称号。谁知道往前走了没几步,又见一柏比"大将军"还高还大,由于人主一言、如白染皂,这时候改口已经来不及了,只得将错就错,将这棵更大的封为了"二将军"。谁知道又走了没几步,又见一柏比"二将军"更高更大,因为一再犯错误、闹笑话,这位人主气不打一处来,索性一错到底,将这棵更高更大的只封为了"将军"。所以,嵩山一带至今仍有民谣:"大封小来小封大,先入为主成笑话。三将军恼怒自焚死,二将军不服肚气炸,大将军有愧头低下。"说的是三树受到汉武帝不公正待遇后,"大将军"深感自己名不符实，受之有愧，不敢挺胸抬头见人，变成了现在的弯腰树；"二将军"性如烈火，七窍生烟，连肚子都气炸了，变成了现在的空心树；而"三将军"，这棵整个嵩山地区最大的树，由于感到最最窝囊，索性自焚而死。实际上，据记载，"三将军"是于明代遭雷击起火而死。西汉元封六年，后来我查了查，大约是公元前110年。如果按着这种说法，现存的"大将军"和"二将军"，年纪至少应有2000岁以上了。而且，由这个故事我们可以推断，早在2000多年前，汉武帝见到它们的时候，它们就已然存在，并且已经是参天大树了，照这么说这二位的实际年龄岂止、何止2000岁。这个年岁，我记得我当时就想，是个什么概念啊。我想，我就是伸直了脖子，踮直了脚尖，把俩泡儿望得掉下来，也望不到那个时候啊……

就这，还不是最令我吃惊的。最令我吃惊的是，后来，有人告诉我，有个叫赵朴初的，看了这两棵树后，认为至少是周柏，并留有诗句："嵩阳有周柏，阅世三千岁。"再后来，又有人告诉我，有考古和林业学家，用碳14交叉定位法，对这两棵树进行测量和鉴定后，认定它们是原始柏，树龄已有4500年。

我这几十年，也是去过一些地方，见过几株大柏、好柏的。譬如北京天坛，古柏森然，苍翠弥天，其中迎客柏、莲花柏、问天柏、槐柏合抱等，俱为世之名柏。其中回音壁西北侧一巍然巨柏，躯干粗壮，暴皮露骨，突出的干纹扭曲缠结，盘绕而上，宛如九龙盘柱，故而得名"九龙柏"，被称为"世界奇柏"。因为明清两代帝王到圜丘坛祭天时要行经此柏，故又被叫作"九龙迎圣"。传说每当帝王祭天，九条金龙便从柏身飞出，在圜丘坛上空久久盘旋。此柏植于明永乐十八年，距今已经遥遥六百年。我第一次见到此柏时年纪尚小，当时觉得，这恐怕就是世上最为高龄的树木了。譬如曲阜孔林，浩大三千亩，"墓古千年在，林深五月寒"。据说孔子葬于此地后，"弟子各以四方奇木来植"，其中子贡庐墓处附近的嵯峨古木，都是子贡亲手种植。最著名的子贡手植楷，已于清康熙年间遭雷击而死，后人将楷树刻于石碑上，并建有碑亭曰"楷亭"。楷虽已死，但苍松古柏仍在。孔老二，我们批林批孔时都知道，生活在2500多年前。这样算的话，这里的某些柏树也应有这个岁数了。其时我徜徉在这些松柏间，看看这一棵，摸摸那一棵，心想这世上还有哪棵树，能比它们的年纪更大呢？譬如太原晋祠，有一巨柏，干分两枝，名曰"齐年"，已然老得不堪重负，整个身躯向南侧卧，与地面成了45度角，因此也被叫作"卧龙柏"，与圣母殿、难老泉并称晋祠"三绝"。在它不远，有一大槐，浑身褶皱，老态龙钟，一脸沧海桑田的模样，据当地人称是棵"唐槐"。唐——槐！你想想该有多老了吧，但比之此柏其连滴拉孙（河南方言，意为"孙子的后辈"——编者注）都不是。此柏据说是周柏，据林业和考古专家准确测算，树龄已高达2900多年，比太原建城史还早500年。我记得自己当时恭立柏前，满怀肃然。"不会了。"我在心里对自己说，"这世上绝对不会有另一棵树，比它更大更老了。"

更要加上着重号说一说的，是陕西的黄帝陵。车行西安，一路北上，你会看到梁峁沟壑黄土裸露，偶有一抹单薄的绿色入眼，也不过是几丛矮小的杂木、灌木。但是临近黄陵县，来到一个叫桥山的地方，绿色会一下子变得浓稠厚重起来，就像整个山体披上了一层绿被。这绿被，就是漫山遍野的黄陵松柏。黄帝崩，葬桥山。这些松柏，都是后来历朝历代炎黄子孙种植的。据载，桥山黄陵一带，柏树覆盖面积约90公顷。如此之大的一片山体，究竟种植着多少柏树，谁也数不清。相传，民国时候，当地一个叫卢仁山的县长，集合了全县的民团兵勇，经过整整19天的普查，才数清总共有柏61280棵。这些柏树，一株比一株年代久远，千年以上的古柏就有3000多株，被称为全国最大的古柏群。其中黄帝陵轩辕庙中的"轩辕柏"，高达20米，主干粗10米，树冠覆盖面积约200平方米。当地有谚云："七搂八拃半，疙里疙瘩不上算。"此柏相传是轩辕黄帝亲手所植，故称"黄帝手植柏"。轩辕黄帝——那是啥年月的事儿呀！他刨的坑、栽的苗，你想想那得多大岁数呀！虽然后来考证没那么大，黄帝手植只是传说，实际上也就是一棵周柏，树龄不过3000来年。3000年也不小了。不怂儿你虽便找个人问一问，谁知道他们3000年前的爷叫啥？所以仍被国人敬为"华夏第一柏"，甚至被外国人誉为"世界柏树之父"。本来，我到黄陵，如同千千万万炎黄子孙一样，就是怀着浓厚的孙子情结，来寻根认祖、拜谒先人的，就怀着孙子见爷那样的毕恭毕敬和诚惶诚恐，而今仰望着这棵"第一柏""柏之父"，但见它历经数千年雨雪风霜、桑田沧海，如此苍劲，如此雄健，如此峥嵘，如此巍峨，那一刻我的感受，就如同亲眼见到当年种它的黄祖爷爷一样，"我们有多少知心的话要对你讲，我们有多少热情的歌要对你唱"，千言万语最后差点儿哽咽成一句话，那就是恨不能匍匐在地道："奴才给老佛爷请安！"

你想，一棵3000年的树就把我雷成这样，后来当我面对已然4500岁高龄的"大将军""二将军"，胸中涌荡的会是一种什么样的感情。

是的，就像人们记住某个人，常常只是记着他（她）的眼神或微笑。嵩阳书院是名胜。它位于中岳嵩山的峻极峰下。北魏时候叫嵩阳寺，是和尚念经的地方。隋唐时候叫嵩阳观，又成了道士炼丹的场所。自从五代后周时叫个书院后，虽然几经毁坏，规模却越来越大，一直绵延到而今。中国文化思想的三大主流——佛、道、儒，你方唱罢我登场，都曾在这里唱念做打过一回。特别是作为书院，它曾有过十分辉煌的历史。仅宋一代，就有宋太宗、宋仁宗、宋真宗三位皇帝御赐过它院额。宋太宗和宋真宗还多次赐予它经书和学田。书院当然是讲学的地方。让我们看看都有谁做过这里的主讲吧——郑遨、种放、范仲淹、司马光、程颢、程颐……一个个名字犹如一颗颗璀璨的星斗，都能把你耀得眼花眼晕。由此，它与应天府书院、岳麓书院、白鹿洞书院，被并称为中国古代四大书院，近年来甚至有人将它列为四大书院之首。但说来就是这样的奇怪，嵩阳书院的眼神和微笑，对我来说，一直竟都是这两棵树，一直竟只有这两棵树。其他的，不知是我眼瞎了，还是它对我没有魅力，尽管它如此之美貌，我却一直对它视同无物、视而不见。虽然我已经去过三次了，有道是"一回生二回熟，三回就是好朋友"，却始终没什么印象，更说不出个所以然。

　　这个，确实惭愧。曾经学习过余秋雨的《千年庭院》，至今记得这位余哥对岳麓书院的那种如数家珍和赞不绝口。特别是说到那次"朱张会讲"，我们几乎可以看到他的眉飞色舞和如痴如醉。他说："朱熹抵达岳麓书院后就与张栻一起进行了中国文化史上极为著名的'朱张会讲'。朱熹和张栻的会讲是极具魅力的，当时一个三十七岁，一个三十四岁，却都已身处中国学术文化的最前列，用精密高超的思维探讨着哲学意义上人和人性的秘密，有时连续论争三天三夜都无法取得一致意见。除了当众会讲外他们还私下谈，所取得的成果是：两人都越来越服对方，两人都觉得对方启发了自己，而两人以后的学术道路确实也都更加挺展了。《宋史》记载，张栻的学问'既见朱熹，相与博约，又大进焉'；而朱熹自己则在一封信中说，张栻的见解'卓然不可及，从游之久，反复开益为多'。"那种欣喜若狂，那种欢喜雀跃，简直就像一个摔了一跤的人，猛然发现摔在了一只金元宝上。我们从余哥的这种喜悦中所读到的信息，实是一个纯粹文化人发自深心的，对文化的尊崇和敬仰。说实话我读罢此文的唯一感受是："瞅人余哥！这才叫有文化！"而我深感惭愧的恰恰是，朱张会讲中的朱熹，论起来还是嵩阳书院二程老师的学生，当年还给老师拎过包、提过鞋——余哥对一个拎包提鞋的都执礼如此之恭，而我三次站在当年程老师执教的院子里，竟对老师看见了权当没看见，比之余哥我真是，就像俗话常说的："这货没文化呀。"

我必须承认，我如此没文化，但至今没有惭愧得去撞墙，完全是老树——"大将军"和"二将军"，在支撑着我的信念和信仰。每当看到它们二位，我都不由地这样想，4500岁的老人呀！人家二老啥文化没见过呀？在这样的老人家面前拽文化，不是等于鲁班门前玩大斧、关公门前耍大刀，自找着让人家嗤笑么。须知，一切人类文明的屋宇，不管它地基多么牢固，砖墙多么坚实，梁柱多么巨大，雕梁画栋多么华丽，终有一天都会土崩瓦解、烟消云散的。对于老树，对于时间，都只是一掬粪土。不是么？老树仍在，但北魏的嵩阳寺在哪儿呢？隋唐的嵩阳观在哪儿呢？宋代的嵩阳书院又在哪儿呢？我们现在能看到的，最多只是一堆明清的砖瓦而已。当年基辛格访华，在游览了天坛之后说："中国的天坛很美，但我们可以复制无数个。只有天坛里的古柏，我们永远也无法复制。"既然如此，还有啥可看的呢。

一般咏物文章，作者多是通过对物的吟咏和赞美，以物自比、托物言志。譬如竹的"未出土时先有节，便凌云去也无心"，譬如莲的"出淤泥而不染，濯清涟而不妖"，譬如梅的"雪虐风号愈凛然，花中气节最高坚"，譬如菊的"宁可抱香枝头死，何曾吹落北风中"。我码此文，本来也是想照猫画虎，先把柏赞一赞，然后借柏抒一抒我的情与志的。但想想，柏这东西的品格，一向被人们颂为傲然屹立、傲霜斗雪，是孤直、正气、高尚、不朽的象征。就连孔老二都说："岁不寒，无以知松柏；事不难，无以知君子。"而这种种品格，恰是我一生最不喜，甚至最不屑的。你想，这都是高风亮节、无与伦比的君子品格呀。我，一个老百姓、老农民，跟正直、高尚这样的词儿七不挨八不连，我们能有碗饭吃就不错了，我们又没打错针吃错药，没事儿装君子弄啥咧？

那我就有些想不通，我对两棵柏树如此情有独钟、津津乐道，是为什么？

我这几十年来，其实总结起来只有十几个字，那就是"祖籍辽宁，生于北京，现居郑州"。其中，可能是生于北京的关系吧，我对北京一直有一种难以言表的感情。每次公干，办完事儿后都要找个澡堂子——那种胡同口的、最古老的、北京最底层老百姓爱泡的澡堂子，在大池子里泡足泡透后，要上一壶高沫儿，盘腿坐在大铺上，一边呷着茶一边听素不相识的北京老人，用最原汁儿原味儿的京腔，聊老北京的西四、天桥和大栅栏儿，老北京的烟袋斜街、耳朵眼儿胡同和后海南沿儿，老北京的拉洋车的、弹棉花的、锔漏锅的和打小鼓的，老北京的爆肚儿、炒肝儿、豆汁儿和焦圈儿……现在想想，那一刻的光景是如此美妙。在那一刻里，由亲切动人的京腔京韵引领着，我的精神很轻松地就实现了一次穿越，穿过现代社会的纷扰纷乱，来到老北京胡同口有滋有味的生活中。在那一刻里，我感到心情是如此清静、松弛和闲适，就好像一个挑重担、赶长路的人，在一个温暖的驿路小店里歇了下来。歇下来的我，不再神思恍惚，不再神不守舍，不再六神无主，而是感到，终于终于，稳住了神儿。

这么一想，问题的答案似乎就有了。4500岁的古柏，你想想它们心里装着多少古啊。它们从《山海经》里走来，见过嫦娥奔月、精卫填海和夸父追日；它们从《封神榜》里走来，见过姜子牙、闻太师、赵公明和黄飞虎；它们从春秋走来，见过专诸杀王僚、聂政除韩傀、要离刃庆忌、荆轲刺秦王；它们从秦汉走来，见过秦王扫六合、孟姜哭长城、霸王别虞姬、高祖唱大风；它们从三国走来，见过虎牢厮杀、官渡激战、赤壁火光、祁山烽烟；它们从两晋走来，见过刘伶醉酒、嵇康操琴、阮籍长啸、王戎清谈；它们经过隋唐，经过两宋，经过元明清，经过李白杜甫的诗篇，经过杨令公岳武穆的旗帜，经过成吉思汗的滚滚铁骑，经过三宝太监的远洋船队，经过康熙乾隆的太平盛世，一路一直走到现在。它们就像俗话常说的："从小卖蒸馍，啥事儿都见过。从小卖核桃，啥事儿都知道。"而我，其实没什么理由，也实在不需要什么理由，就是喜欢坐在它们的树荫下，听老哥儿俩呢呢喃喃地，忆忆从前，聊聊往事，慨慨往昔，叹叹现在。而我则在漫不经心的聆听中，缓缓地、缓缓地，将遗落、迷失在尘世嘈杂中的神魄招回，让它重新回到我的身上和心中。

不好吗？

多好啊！

我曾三次访问嵩阳书院。第一次，还只有十几岁。第二次，就已经年过而立，带着老婆和孩子。而第三次，竟已经年近知命，"四十多快五十奔六十拐过弯儿就七十了"，看上去已满脸火车道一头老杂毛。不仅我的变化大，书院的变化也很大。记得头一次来，我看到它断壁残垣、瓦破砖旧，墙头屋顶长满衰草，说不出的荒芜和荒凉。但第二次来，便顶换新瓦、柱刷新漆，里里外外焕然一新，而且门票也涨到了一张20块。第三次来，就连已经来过两次的我，都怀疑是不是走错了地方，不知何时它的外部多了个嵩阳公园，美化了几处亭台奇石，绿化了几许花花草草，势成众星捧月、前呼后拥，门票则一下子跳空高开到了80块。但，不知你信不信，两株古柏却丝毫未变，我第一眼看见时什么样，现在依然什么样。就仿佛不是两棵树木，而是两块顽石，任凭岁月流逝，我自岿然不动。当然，现在看来，这也没什么可奇怪的。我们人这几十年，嵩阳书院这千把年，对它们来说只不过弹指一挥间。弹指一挥间，多快呀！多短哪！自然变不到哪儿去了。

　　我想，等我到了古稀之年，或者还会再去一次嵩阳书院，去看看这两株柏……

农民纪念碑

我一直对石头房怀有深深的敬意。每当我行走在深秋深山中,偶一抬头,看到一幢石头房屹立在石径蜿蜒的半山上,屹立在灯笼红果的柿树下,心里总会生出这样一种感叹——这哪里是一幢房屋,简直就是一个工程。不是么?虽说石头房都是靠山吃山、就地取材,但要把石头,这个所有名词中最最沉重的名词,从山上炸出来、开出来,再破成大致相等、大致四方的石块,再一块块地搬起来、举起来、垒起来、筑起来,终于成为一幢结实厚重、像模似样的房屋——你可以想想,那需要耗费多少时日,付出多少气力和血汗哪!不信的话你试试,我总是在心里对自己这样说,别说让你把那么多石头垒成屋,只叫你把其中一块石头抱起来、挪个地儿,看会把你累成啥样。

所以,当我第一眼看到吴家山庄,这个占地八千多平方米,建筑面积约三千平方米,完全用石头筑就的建筑群,就被它震惊了,而且吃惊程度,都可以用上"瞠目结舌"或"目瞪口呆"这样的形容词。我记得,我当时面对着这个石头建筑,几乎立刻联想到另一些著名的石头建筑——古希腊的神庙和古埃及的金字塔等。至今,我仍然觉得我的这一联想十分得当、毫不夸张。就以古埃及的胡夫金字塔论,工程量确要比这个吴家山庄大得多,构成它的二百三十万块石头,最大的重达一百六十吨,最小的也有一吨半。但是你要知道,它的建造者是一个伟大的文明和时代,据说修筑时每次动用十万奴隶,每批服役三个月,前后共历时三十年。而这个吴家山庄家,比之胡夫塔虽如沧海一粟,但当时修筑它的,却只是这里姓吴的一家人。区区、了了的一家人哪!所以说,我觉得,如果以劳动量除以劳动力,所得出的得数一点儿也不比修胡夫塔小。也就是说,修筑这所庄园的人,至少在我心目中,所付出的艰难困苦和血泪血汗,一点儿也不比修胡夫塔少。

山庄,当然在山里。吴家山庄位于豫西山区、中岳嵩山的北麓。具体所在地,名叫巩义市夹津口镇卧龙村。这所庄园的修筑者,或者说修筑这所庄园的带头人,就是这个村里的一个农民,名字叫吴酬和。我们说起吴家山庄,主要说的就是吴酬和。这个吴酬和,不知你信不信,如果不是我指着他人告诉你,你可能都难以置信,就是他创造了这个石头奇迹。说起来,他甚至都不是本地人。此人,清道光十六年,也就是一八三六年,出生于巩义(那时间还叫巩县)圣水村,纯粹是由于活不成景、过不下去,三岁那年随父亲一路流浪来到此地。落脚以后,本来按照父亲的想法,是要在这里一边给人打工,一边开荒种地,苟延残喘、苟活性命的,却不料屋漏偏逢连夜雨,船破又遇顶头风——没几天，先是弟弟被野狼戕害，接着父亲又坠崖身亡，好好的一个家，猛不丁的，一下子就剩了吴酬和一个男人。这时候，在一般人看来，这个家就算败了、亡了，而这个吴酬和的一生，也再不会有什么可读性了。不是么？一个十几岁的孩子，而且是在梁峁层叠、壑大沟深的穷山里，是在国无宁日、民不聊生的那时候，能不能活下去、长成人都得两说着，我们还能指望他有什么建树啊？

而我们之所以要说吴酬和，就在这儿。谁也没想到，恰是这个十几岁的小人儿，在他们吴家大厦将倾、岌岌可危之时，挺身而出，以其幼稚的肩膀头，做了整个家庭、家族的支撑位，甚至可以说是强支撑。有一份当地的文字材料这样写道："面对接二连三的打击，他（吴酬和）强忍悲痛，暗暗发誓，不向命运低头，不让眼泪白流，一定要继承父志，重振家业，以告慰父亲的在天之灵。"文字虽简陋，但设身处地想想，很可能正是当时情景的写照。也就是从这时候起，吴酬和开始了他的筚路蓝缕、艰苦创业之路。这份材料这样说——夜晚，他披星戴月、胼手胝足地开荒造田；白天，他在这片新开的田地里播撒、耕种；他在种地同时还养牛养羊，为了种地、畜牧两不耽误，他每天总是先把牛羊赶到山里吃草，然后回到地里干活儿。饿了，就在田头胡乱塞两口野菜团子；累了，就在地边随便找个地方歪一歪。盛夏如是，严冬如是，风雨如是，霜雪如是。不仅如此，这个祖传世袭的农民，除了知道苦干死干，竟还有些经商头脑，农闲时还搞个小贩运、做个小生意。他是这样理解农、牧、商业关系的。作为一个农民，不用说首先还是要把地种好，手中有了粮，心中才不慌。同时粮食多了，才能为养牛喂羊提供更多的饲料。牛羊养多养好了，既可以为耕地提供足够的肥料，又可以为商业活动提供必需的资金。而商业活动搞好了，反过来更可以加大对农、牧业的投入，使得整个家庭经济形成良性循环、健康发展。一开始，吴酬和只是一个人单打独斗地干。到后来，他娶了一个杨姓女子为妻，一个人变成了两个人。再后来，他和妻子生养了五男二女，两个人变成了一群人。到他六十岁时，这个家庭已经四面开花、儿孙满堂，拥有孙男二十人、孙女十二人，仅能下地的男劳力就已多达二十人，俨然一支生龙活虎的战斗队。全家若是齐上阵，一天就可开荒一亩多。在他的带领下，全家上下同甘共苦，齐心协力，攻坚克难，勇往直前，日子越过越兴旺、越红火，很快成了整个卧龙村甚至整个夹津口镇引人瞩目的大户。

也就是在这个过程中，吴酬和开始运作他作为一个农民的人生大事——盖房。

是的，我们就是这样说的，一个农民的人生大事。一个农民，不管他一辈子打多少粮，吃多少饭，走多少路，过多少桥，最终衡量他一生成败的，是什么呢？我们要说，不管别人的答案是什么，至少在我们中原这一带，在我们漫长的农业文化里，我们觉得，不是别的，就是房子。房子，之于别人，可能就是房子，可是一旦与"农民"二字联系在一起，特别是在我们中原这一带，就成了对这个农民一生业绩的考评，其意义便远远超出了字义。也就是说，就已经不再是一个简单的栖所，不再只有简单的遮风避雨、饮食起居功能，而成了一个作品。就像一首诗是诗人的作品，一幅画是画家的作品，一个孩子是母亲的作品一样。作品的水平，直接决定着这个诗人、这个画家和这个母亲的成就。所以我们看到有许多农民，一生辛苦，一生劳作，一生节俭，一生积累，只有一个目的——就是盖房，尽量高、尽量大、尽量好地盖房。时至今日仍是如此。许多农民富裕了，尽管全家就那么几口人，而且这之中还有人考上了大学、工作到他乡，这辈子肯定不会再回到这里了，但是他们仍然不惜工本、不遗余力，要把房子盖上五层六层，盖成高楼大厦。许多城里人都嘲笑他们。实际上嘲笑他们的人不知道，他们已经不是在盖房，而是在创作一生最大、最重要的作品。他们要用一所房子，为自己的一生做个交代和总结。现在吴酬和，也进入了这个创作期。

　　既是作品，当然要有立意。就像诗有诗的立意，画有画的立意，孩子有孩子的立意。孩子当然也是有立意的。不信，我们可以随便举几个耳熟能详的名字，便可知他们母亲在立意上多么殚精竭虑、煞费苦心，比如陈独秀，蒋经国，陈永贵，王进喜，马三立，侯耀文，王连举，阎连科……那么，吴酬和的这次创作，立意何在呢？

　　感受作品的立意，当然要从对作品的阅读入手。这样，我们就必须让你先看看吴家山庄。站在吴家山庄面前，不知为什么，我的思绪总会情不自禁地飞向中国的最北方。我曾无数次地行走在北方，见过北方的许多游牧民族。这些民族给我印象最深的，就是他们独特的居住形式。以最典型的蒙古族为例，我们都知道他们的民居叫蒙古包。由于这个民族是逐水草而生活的,哪里的水草最丰美就去向哪里。应这一生活习俗的需要,他们的蒙古包实际上是一种组合式建筑,架子是木料搭建的,顶、围和门则由羊毛毡子构成,架、顶、围、门都是独立的,可以随时搭盖、拆卸、装载和搬运,全部工作就连女人都能完成,全部家当几辆勒勒车就能装走,这使得他们可以在任何时候出发、迁徙。所以蒙古人,把家都不叫家,而叫"格日特日格"——家车。建在车上的家,可以把家拉走的车。由此可见,他们总是过着游走的生活,他们从不打算在任何一个地方久留。每当我看到他们赶着家车和牛羊,游走在阳光灿烂、天蓝云白的草原上,一边走一边唱着辽阔悠远的长调,觉得他们的生命就像无根的浮萍,随着流水快乐、惬意地四处飘荡。而吴家山庄,站在它面前我的感受却正相反。我们说过,这是一片完全石构的建筑。它虎踞在半山中,外观四四方方,石垒石筑,踏踏实实,坚硬厚重,唯有一扇朝北的门可以进入它的内部,如将此门关闭整座建筑就完全封闭,看上去就像一座固若金汤、坚不可摧的城堡。在它面前,我的第一个感叹是,如果没有攻坚利器,任何人都不可能打开它。而它的内部,又分为四个小院。若把各自的院门关闭,四个小院各成体系、各自为政。如将所有的院门打开,则各个院落又融会贯通、浑然一体。且四个小院的结构,院中套院,院中有院,曲里拐弯,错综复杂,就仿佛不是一个居家之所,而是一座诡秘诡异的迷宫。站在院中,我的第二个感叹是,就是打开了也不行,不明真相之人走进去,我担心他会像走进高家庄的地道那样有去无回。而且,据传,当年也确有土匪进入其中后,如入鬼阵，晕头转向，连摸带撞了好久都没走出来。这一切相加，使人得出的和是，这一建筑的创造者，似有一种强烈而固执的防守意识。不仅仅是泛泛的防风防雨、防盗防匪，而是——具体防什么我们也说不准，总之，仿佛唯恐不结实、不牢靠、不永久，唯恐失守、失陷、失去似的。所以要把它筑成顽石的，所以要把它筑成堡垒状，所以要把它筑成工事体。这就是吴家山庄。如若把它也比作一种植物，与那浮萍般的蒙古包相比，我感到它更像一棵枝繁叶茂的老树，它的根须深深扎在泥土、岩缝中，它已经扎得很深很深了，但是还在力求往下扎，再往下扎。这，也许正是农耕民族和游牧民族最大的不同所在吧。这么一阅一读，我想不用我再说什么，就连你也已经读出了这部作品的立意所在。吴家山庄给我们的最大感受就是牢固，而牢固——那还用说么——的立意就是永久。也就是说，这个叫吴酬和的老农民，不仅是在为自己建房，也是在为儿子、孙子、子子孙孙建房。他是在以世世代代传下去为原则，按照千秋基业的标准建这所房的。

是的，吴酬和的立意正是永久。这一主题，不仅表现在他对房屋坚固程度的追求上，而且贯穿于他对山庄未来的整体营造上——

山庄的位置是精心挑选的。它背靠嵩山，面朝北岭，左有青龙，右有白虎，山环岭绕，藏风聚气，据说，是一块难得的风水宝地，是经风水先生看了又看才最终选定的。永久建筑，千秋基业，当然要建在最牢固、最坚实的基础上。唯其如此，才能经风经雨、傲霜傲雪、百折不挠、历久不衰。只由这一地点的选择，我们便可见当年吴酬和长治久安的指导思想，以及他对薪火相传、绵绵不绝所寄予的厚望。

　　房屋只是硬件，一份家业若想发扬光大、代代传承，光是硬件过硬还不够，还要有同样过硬的软件，这软件就是居住房屋的人。只有人强大，业才会强大；只有人长久，业才会长久。为了实现千秋基业理想，吴酬和在治家和树人方面，更是竭尽全力、身体力行，而且表现出相当的才华。他虽是一个老农民，但这并不妨碍他是一个优秀的管理者。首先，作为一家之长，他就像古代的朱子和颜氏那样，制定了一套严格的家规家训，这些规和训包括遵纪守法、尊老爱幼、和睦相处、勤劳节俭等，要求全家人遵行并恪守。其次，他在那时候就在家庭内部实行了生产责任制，将农、林、牧、商等一应劳动，以及挑水、磨面、做饭、带孩子等一应家务，都详细、明确地划分成工种，并将全体家庭成员，按男女、老幼、强弱及自身特长，分成若干个承包小组，就连烧火做饭哄孩子都有小组，各按工种，各包一摊，各司其职，各负其责。第三，实行严明的奖惩制度。定期召开家庭会议，对各小组的工作进行考评，该表扬的表扬，该批评的批评。特别是对后进个人和小组，实行严肃、严格的问责制，惩戒起来从重从严、决不手软。譬如他家孩子多，很容易乱成一锅粥，为此他在家规中专门规定，不许孩子啼哭、喧闹，每次发现有孩子违规哭闹，都要坚决追究专管小组长和孩子父母的责任。譬如他要求全家黎明即起、下地劳作，每天早上都亲自站在大门口骑马石上，就像后来的打卡机一样，监督着每个人的出勤情况。在他七十多岁的一天，一个孙子往西岭地里担粪，大概因为起得早、没睡醒，一路走得呵欠连天、侧侧歪歪，看样子有些拉不拉撒不撒，他见状立刻追赶上去，二话不说夺过担子、挑起就走，一路上坡，一路小跑，挑到地头把担子一卸，举起扁担将这个孙子就是一顿痛打。可以说，吴家之所以能由一个外来户，壮大成一个大家族、特大户，整个家族始终团结、亲睦、积极、进取，与吴酬和的这种治家得法、树人有方是绝对分不开的。直到现在，有人还说："这个吴老爷子要是活到今儿个，搞不好也是个优秀农民企业家。"

教育这东西，历朝历代都很重视，过去叫"教育救国"，如今叫"教育兴国"，统称曰"百年大计，教育第一"，"再苦不能苦孩子，再穷不能穷教育"。可见，国之兴盛和长盛，是与教育分不开的。而，国家国家，国如是，家亦如是。吴酬和虽然没文化，俩目不识一个丁，却在那时间就竖立了牢固的科学发展观。他在为自己的千秋基业奠基时，从来没有忘记先夯上教育这根桩。他在"治"家、"治"人的同时，更加重视"育"人。据说，他不仅要求每一个孩子读书识字，而且在自己家里两次办塾馆，聘请的先生，当然你可能没听说过，但在当时都是这一带的名师，有涉村的李德林、老家圣水村的张朋桂，甚至邻县登封的王全周等。一时间整个山村都能听到来自他家的琅琅读书声。这期间发生过这样一件事儿。邻县偃师一个叫郭铭鼎的教师，带领十几个学生到嵩山游玩，天晚投宿到了吴家。这些学生，年纪要比吴家的孙儿大，差不多相当于现在的初中生，一个个颇有学生风范。为了让自己正启蒙的孙儿们有所楷模，吴酬和特意将他们安排在南院塾馆里，让儿子们拿出结婚时的新被褥，每天杀猪宰羊、好吃好喝，一直挽留、款待了他们十几天，直到师生假期结束，才依依不舍送出村外。由于吴酬和的重教，他本人虽然没有文化，但是他的子孙却都受过良好教育。教育的成效几乎是立竿见影的，这些子孙虽不能说人才辈出，但他们中有许多人很快便脱胎换骨，由土里刨食的农民成长为教师、军人、医生、村主任、村支书、农民企业家，有的还考取了研究生，甚至留学到国外。他们就像吴家老树纵横交错的根须，在泥土、石缝中越扎越深，为大树汲取、输送着源源不断的营养。

　　一棵移栽的树，在一片完全陌生的土壤里，活下来不容易，扎下根更不容易，长成参天大树尤为不容易。这里面不仅需要自己使劲，还需要适当、适宜的外部条件。就是一个国家要发展，不也需要良好的外部环境么？不然一圈儿邻国都惦记着要坑你、害你，你光招架都来不及还谈何发展呢？这一点吴酬和当然是清楚的。他解决这一问题的办法，一个是行善，再一个是睦邻。关于吴酬和生平善事，记载很多。他本人常对儿孙们说："咱是一条扁担两个筐来到这里的，这么些年能有今天，全靠乡里乡亲的照应，咱可不能忘了乡亲们的好。"他是这么说的，也是这么做的。日常，不管乡亲们谁有了难处，也不管人家有没有求到他跟前儿，只要他听说了，就一定要帮一把。光绪三年，河南遭遇了那次著名旱灾，豫西一带灾情尤为严重，到最后甚至发展到人吃人，并且易子而食的程度。这期间，虽然他一家也面临着灾难，但只要是乡亲们找他借钱借粮，他一律慷慨解囊，有求必应，哪怕自己一家忍饥挨饿。灾荒过后，当乡亲们发愁如何还债时，他又将人们召集到一块儿，言明不管谁借的，也不管借多借少，他统统不要了，并当众烧掉了所有借据。他的这一义举，据说，感动得所有乡亲都哭起来，许多人当场哭倒、跪倒在地。从此，他在家乡一带被人称作"吴大善人"。而关于吴酬和的睦邻，传说更多。有一个传说是这样，吴家几个孙辈儿在山上割荆条，荆条本是野生野长、人见人割，但邻村一个薛姓壮汉非说是他村的不许割，双方发生了口角和争斗。事后，薛家一纸诉状将吴家告到了县衙。本来，一个是吴家原本占理，再一个是他家这时已家大业大，在当地形成了一定势力，若要胜下这场官司一点儿不难。但是吴酬和为了不激化矛盾、伤害和气，反而托人找对方说好话、赔不是。他的这种宽厚和容忍，使得薛家大为感动。结果是，薛家承认教子不严，主动撤回了诉讼，而吴家则设宴相请、好言抚慰。两家不仅没有结仇，反而从此成了世交。还有一个传说是这样，吴家往地里送粪，需要经过某家门口，这户人家先是以粪臭熏人为由，把住道路不许他们经过，吴酬和让家人把送粪时间改在夜里，夜里——你总不能说夜里也熏你吧，但是该家又说夜间送粪惊扰村狗，狗叫不停影响休息，仍然堵在路口不让过。这——就是可忍孰不可忍了。有人撺哄吴酬和："你在县里熟人那么多，咋不找人摆治摆治他？"但，就是这样的无理取闹和胡搅蛮缠，吴酬和也忍下了。他摆摆手，笑笑说："都是乡里乡亲的，低头不见抬头见，咋能贪为这点儿事儿伤和气。"明明这路就在家门口，可以说就是他家三代走出来的，反而托人递笑、说和，花了一大笔买路钱，买下了这路的使用权。我们说了是传说，但传说是有依据的，依据就是至今高悬在吴家山庄的那块匾，匾是人们在吴酬和死后赠送的，上书四个端端正正的大字——"中州完人"。这四个字，我们觉得，应是对吴酬和端正一生的真实记叙。正是吴酬和的这种和邻政策，在相当长的一个时期内，为吴家一心一意搞建设、谋发展，争取了和平、稳定的外部环境，使之不仅拥有了天时地利，更具备了最重要的人和。

事实上，在那样的年代，若想人和，仅仅和邻是远远不够的，还要和官、和兵、和匪、和商，甚至和僧、和道、和巫，总之什么乱气八糟的东西都得和。附和的和，迎合的合，媾和的和。稍有不合，结果很可能就是灾难性的。所以吴酬和，作为一个农民也真够难为他的，那段时间几乎是见什么和什么。不管什么人，官宦、军警、商贾、儒士、土匪、流氓，甚至坑蒙拐骗的、装神弄鬼的、游山玩水的、架鹰牵狗的、耍枪弄棒的、逃荒要饭的，只要上到他门上，一律双手拱拳，满脸堆笑，口称辛苦，让入庄中。据说那一时期，他家常年摆着流水席，而且席分三六九等，遇见有权有势、难纠缠不好惹的，鸡鸭鱼肉、成碗成碟，对于一般人也家常便饭管饱管够。一次一伙土匪上门，他不仅好酒好菜盛情款待，不等对方开口就把钱塞进人家手里，而且敞开襟怀拍着胸脯，叫人家日后有难处只管找他。最后弄得土匪都不好意思了，到处说吴酬和多么讲义气够朋友，这以后一直到吴酬和去世，都很少有土匪到吴家山庄找麻烦。

是的，吴酬和是把吴家山庄当作千秋基业来建设的。在他艰苦卓绝、坚忍不拔的努力下，山庄越来越有了巍巍然的气势和气象。有匾为证，匾曰"嵩岳泰峰"。意思就是，像嵩山一般巍峨，像泰山一样雄伟。匾是家乡人送的，至今仍挂在吴家山庄里。仅此四字，便可见当时人们对吴氏事业的赞叹和仰慕。吴酬和是一九一六年去世的，享年八十一岁。到他离开人世时，吴家山庄的主体建设已基本完工。这个山庄在此后岁月里，养育了吴家八九代人，鼎盛时期曾有人口一百二十多人、大牲畜一百多头，是这一地区数一数二、人财两旺的大庄园。

当然，这一盛况，我们没能看到。而遗憾，也正遗憾在这儿。

我们看到吴家山庄时，这里已是"昔人已乘黄鹤去，此地空余黄鹤楼"。山庄虽然还在，而且基本完整，但是曾经发生在这里的盛宴，却已曲终人散。我们看到原本热闹的庄园，此刻已空空荡荡、无人居住，只有两户人家在这里圈牛养牛。我们看到昔日奢华的建筑，此刻已门窗破败，满目沧桑，院中和屋顶到处长满了蒿草。我们看到昔日"嵩岳泰峰"的牌匾，此刻已落满尘灰、结满蛛网。这一切都告诉人们，嵩岳早已不存，泰峰也早已不再。总之，我们看到的一切，似乎都在告诉我们这样两个字——废弃。昔日曾有的一切显赫和荣耀，如今都已经废弃了。这，是我们怎么也没想到的。面对这一片废弃景象，我们原本流畅的思路一下子溢塞、停滞了。先是难以置信，接着困惑不解——怎么会是这样的？不应该是这样的啊！这，可是吴酬和呕心沥血、一砖一石，构筑的千秋基业呀！它可是要世代相传，直到永远的呀！这才几天呀，这才几代呀，便已破败如斯、荒芜如斯，就像一场劫难后留下的一片废墟。难道发生什么事情了？肯定发生什么事情了！

实际上，我们是后来知道的，并没有什么了不得的事情出现和发生。没有灾难，也没有浩劫。当地人这样说，只不过是吴家的后代们，搬出这里、搬到别处居住了。先是一些人，有的当官，有的当兵，有的读书，有的做生意，离开这里去了他乡，不久他们便在那里拥有了住所，固定了下来。这些人中的大部分，是永远也不会回来的了。就是回来，也只是住几天。接着，剩下来的那部分人，也前脚后脚地富裕起来，不再甘于困居山中，困居在石头筑成的房子里，也在更加平坦、方便的地方，盖起了更加舒适的砖瓦房，就像蚂蚁搬家一样，一点儿一点儿地搬了出去。若说发生了什么事儿，实际上事情很简单，就是时光流逝了，时代前进了。是时代的进步，最终荒芜、废弃、淘汰了从前的一切。这就是真相。这一真相，虽然简单，却使我们着实感慨、感叹不已。

是的，这时我们心中充满了感慨和感叹。直到这时，我们才如梦初醒地，感觉到、意识到、领悟到，原来这世上根本就没有千秋基业。"千年田地八百主，田是主人人是客。"不论多么坚实、坚固的东西，都将，终将，被时光废弃和淘汰。所谓的千秋基业，所有的万寿无疆，都不过是一腔美好的愿望，一回美好的梦想。也可以说，是一厢情愿和黄粱美梦。大如北京的紫禁城，小如我们面前的吴家山庄，它们最终留给人们的，最多也只能是一份凭吊、一份缅怀、一份敬仰、一份叹喟，就像一座古老高大、风侵雨蚀的纪念碑。

不错，我们要说的正是这个词——纪念碑。当吴酬和，还有千千万万个跟吴酬和一样的中国农民，在一砖一石地奠基、构建、加固时，很可能怎么也想不到，他们建筑的根本不是什么千秋基业，而只是一座纪念碑。一座他们一生追求、一生事业的纪念碑。不过这有什么呢？类似这样的纪念碑，在我们古老的土地上还有很多很多。譬如山西的乔家大院，譬如徽州的宏村和西递，譬如福建的客家围楼，譬如湘鄂川渝的吊脚楼群……每当我们看到一座这样的纪念碑，不是都能真切、深切地，感受到中国农民坚韧、执着的生存精神，以及他们渴望永久的美好梦想么。

北方面饭

大家都知道北方人性喜食面,尤其是生活在黄土高原的陕西和山西人,更是把一个简单的面字儿,用我们的话叫作吃出了"花儿"来。

老陕和老西将面食统称为"面饭"。由于自然和地理原因,三秦、三晋盛产小麦而少有菜蔬,形成那里的人们在吃字上没有选择权,也就是说只有吃面、只能吃面,这种窘迫和无奈反映在饮食上,便是那里的面食品种特别丰富、花样特别繁多。老陕和老西中历来有种说法叫作"一样面百样吃",具体地说就是:一是做法百样,除了常见的擀面,还可以做成拉面、削面、拨面、漏面、转面、揪面、搓面等数十种;二是材料百样,除了常见的麦面,还可以使用豆面、荞面、莜面、玉米面、高粱面、小米面、红薯面等杂粮;三是吃法百样,除了常见的煮食,还可以根据各人口味和偏好煎着吃、炒着吃、炸着吃、烩着吃、蒸着吃、煨着吃、凉拌吃等。真可谓一年吃到头都不带重样的。

作为一个兼爱着行走和吃喝的人,我一直很以这样一种说法为然,那就是"边走边吃"——在我们的行走过程中，除了让眼睛饱览风景风物，同时千万记着别让嘴吃亏。理由很简单，饮食文化是地域文化掰不下来的一部分。只有咀嚼过所到之处的地方风味，才能更深刻地理解那里的山川特征和人民性格。而当我行走在三秦三晋土地上，大碗饕餮着老陕老西的面饭，对这个说法更是由衷地认同。

岐山铡面

岐山位于西安以西120公里，岐山铡面在西安颇负盛名，大街小巷里随处可见挂着"岐山铡面"店招的面馆，普及程度就和闻名遐迩的羊肉泡馍差不多。由于经常到西安公干，所以有机会享用过各种字号的铡面。那些白帽白衣的面案师傅，将和好醒好的面团擀成面片，再用比铡刀略小一号的大刀，将折叠起来的面片"铡"成细长细长的面条，煮熟捞出后浇上由带皮肉丁、时令菜蔬和黄花、木耳、豆腐烩成的臊子，吃起来令人想假斯文着不发出响声都不行，端的过瘾。

由于吃的次数多了，便不禁产生了这样的自负，以为对岐山铡面有了权威的发言权。却不想在一次由我的同行，同样是到西安组稿的广东《家庭》杂志的杨立平小姐组织的酒宴上，幸会故乡岐山的陕西作家冯积歧，席间与他论及西安产的岐山铡面，他竟以睥睨的神情说了一个字："喊！"

冯兄的这个"喊"字依我之见大概有两层意思：一是原装正版的铡

面在他老家岐山；二是就西安这钏面给他老家的提鞋都不配。当时我还以为他的这种态度源自内心深处的故乡情结，后来才知道非也。

那进候我的行走方式有点儿像现在的驴友，忽发奇想要去什么地方背起背包拔腿就走。在此之前由于喜读《三国演义》，对其中诸葛亮这个人物一直怀有浓厚兴趣，特别是对他的一生具有里程碑意义的三个地方，一直心往神驰——一个是他假装种地、待价而沽的古隆中，一个是他六次北伐、力竭而瘁的五丈原，一个是他死后葬身、功废名就的四川成都。位于湖北襄樊的古隆中和四川成都的武侯祠都已游过，唯有五丈原一直没弄清楚确切所在未能拜谒，心中一直隐隐觉得遗憾。不想那年大年初二，正准备与妻回门看望丈母娘，等待妻打点礼物之时偶翻一小报，见一豆腐块文章说道，五丈原所在之地竟就是陕西岐山，当即热血沸腾，丈母娘也不看了登上了西去的列车。

五丈原是梁峁透迤的黄土高原上的一脉小原，南倚秦岭，北临渭水，东西皆壑，地势险要。约一千七百多年前，诸葛亮第六次北伐时，率领蜀军经由斜谷穿越秦岭，在此与魏帅司马懿反复厮杀僵持不下，终于"出师未捷身先死"，带着一肚子的郁闷和遗憾病逝于军中。位于五丈原上的武侯祠便是后人为纪念他而建。该祠据说始建于元，增、修于明、清，正殿内供有诸葛亮金装塑像，殿内外多有楹联、匾额、碑碣，咏叹颂扬诸葛氏生平业绩。其中，后来另一位著名的功废名就者岳飞手书的诸葛亮前后《出师表》最值得一阅，由于两人所怀的是同一腔恨，岳飞在书法中将诸葛亮精神挥写得淋漓尽致。其祠规模虽不甚大，但由于就建在诸葛亮当年生活战斗过的地方，令人身临其境，不由触景生情，感慨万千。

但我此行的最大收获还不在此。当我踏着积雪告别五丈原，途径崖畔一村庄时，忽见村街旁一农家人声嘈杂、门庭若市。看到门前贴着的大红"喜"字剪纸，我还以为是在举行婚礼，后来一问才知道只猜对一半，这家娶媳妇是不错，但婚礼已于昨日办过了，而今进行的是当地婚俗中另一项内容——吃面。却原来面饭在岐山已不仅是物质文明，同时更是一种精神文明。譬如说我们民族衡量一个人主要看他是否勤劳、智慧，而这勤劳、智慧的标准在岐山就具体物化在"面"上。在岐山不管谁家娶媳妇，翌日晌午都要请人吃面，实际上就是由新媳妇亲自上面案，在应邀而来的亲友邻居面前表演擀面本事。只有擀得一手好面的媳妇才被视为贤能女子，得到夫家和村人的认同，反之则将沦为嘲笑对象，甚至被夫家视为家耻。所以岐山女子都是很小时便踩着小板凳上面案，跟着母亲学擀面，说她们不会说话先会擀面都不为过。

至此我才算吃到真正的岐山铡面。这日擀面的新媳妇，长相打扮很像当年斯琴高娃在电影《归心似箭》中扮演的年轻妇女，头发在脑后盘成髻，穿着一身红袄和红裤，袄袖高高挽在胳膊上，腰系一条碎花蓝围裙。我进到院里的时候她已经开擀。由于是表演，大似门板的案板就安放在院当间。以前也不是没见过擀面，但这次观看，使我第一次感到如同观赏一部武侠电影，但见新媳妇将擀杖、铡刀使得就像电影中的武林高手使弄着他们的兵刃一样。在围观的男女老幼不歇气儿的喝彩声中，偌大一团面只片刻即被擀成直径五尺、薄如纸张的面片，只片刻又被铡成一米多长、细若粉丝的面条。端的是"擀成纸，切成线，滚水下锅莲花绽"。整个过程推、轧、擀、铡，抑扬顿挫，连绵不断，一气呵成。看得我不由目瞪口呆，一时间直想说，这才叫真正的"舞刀弄杖"！我本来是凑进来看热闹的，热情好客的主人见我是个远道而来的外乡人，说什么非得把第一碗面盛给我。捧着这碗面我只吃了第一口，立刻就感受到了冯积歧论岐山铡面时说的六字令——酸、辣、香、汪、筋、光。"筋"和"光"是谓面条柔韧耐嚼，光滑爽口；"酸"和"辣"是谓调料个性鲜明、令人难忘；"香"和"汪"是谓臊子、汤水油汪油亮、香气扑鼻。一碗面吃完我能说的只剩了两句话：一、"冯兄是个吃家儿，其言果然不谬！"二、"喜欢吃面的人，生在岐山是幸福的！"

告别面香缭绕的庄户人家，我再次回望迤逦仄长的五丈原，内心不由生出这样一种猜测。诸葛亮入川之后一直致力于北伐活动，有生之年曾六出祁山征讨北方，而他的徒弟姜维更是继承其师衣钵，短短一二十年中竟然九次北伐，真可谓"鞠躬尽瘁，死而后已"。以前人们一直认为他们北伐的目的是为了复兴汉业——当然这也是有可能的。但是现在细细想想，除此之外，在他们的深层潜意识里，会不会还蕴藏着其他的动机呢。譬如说蜀军之中包括诸葛亮大部分都是北方人，他们大都习惯了北方的面食吃不惯四川的大米，当他们不遗余力地向北进军时，会不会嘴上没说心里想着的却是——"打回老家去，再吃一碗面"呢？！现在想想这也不是不可能的。

只可惜他们回家的脚步被永远地阻挡在了五丈原上。

《三国演义》第一百〇四回中这样描写，当诸葛亮终于意识到有生之年不可能回到北方去了，临终之前曾强支已如风中残烛的病体，伫立在夕阳西下、秋风阵阵的五丈原上，遥望北方发出这样一句感叹："再不能临阵讨贼矣！"

这一段若让我写，我一定会将他最后的遗言改成："再也吃不上北方的面饭了！"

我想，也许这才是这位老人内心深处真正的叹息。

山西刀削面

在此之前我虽然听说过但绝对不相信，这世上真有这样制作面食的。

对于游山玩水者来说，山西省洪洞县看点有三：一是大槐树，据说那是各地汉民族的原始出处；二是广胜寺，有一座闻名遐迩的琉璃飞虹塔；三是明代监狱，也是我国目前保存最完整的古代监狱。去年我到太原公干，途经洪洞时因故停留几个小时。由于我本人是少数民族，自然不会去汉人的发祥地寻根祭祖，而广胜寺距洪洞县城十七公里，想往那里走几步时间又不允许，最后便只看了位于县城繁华街道的这座明代监狱。

乍进监狱，可能许多人会微感失望，原因是它的规模太小了，占地仅只六百平方米，相当于北京一个四合院。洪洞虽是弹丸之地，不管怎么说级别也是县，一个县级监狱竟然如此狭小，确实令人感到意外。但是往细里一琢磨，该狱始建于六百多年前的明代洪武年间，以洪洞现在的人口推想当时，虽说是个县最多也就相当于现在的村，对于一个村级县来说，这样一座监狱已经不小了，由此可见其时当地民风的不驯，估摸着犯罪率比现在只会高不会低。

进得狱门，迎面一条狭窄的甬道，甬道两侧是两排普通牢房。这些牢房给人最深刻的印象就是狭小和坚固——狭小到每间牢房只能容纳一铺土坑，人在里面稍微一转身就敢碰着墙，使人不由联想到别说那时候没有电风扇，就是有也不会普及到监狱里，谁要是不幸在夏天犯错误那他可就倒霉了；坚固到除了牢房只有一个巴掌大的小窗口，就连甬道顶上都覆盖着缀有响铃的铁丝网，置身在这样一个牢笼里，哪怕是语文功底再差的人，也能立刻领会了"天罗地网"和"插翅难逃"的词义。

甬道走到头一拐弯，就到了这座监狱最重要的部分——虎头牢，也就是关押死刑犯的地方。这里之所以谓之虎头牢，是因为入口处绘有巨大的"狴犴"头像，这种古代传说中的动物酷似老虎，血口獠牙，狰狞恐怖。虽然它并非真虎，但是老百姓都视它若虎，认为进了这里就如羊入虎口有去无还。洪洞监狱之所以有名，完全得益于一个名叫苏三的妓女。相传明代正德年间，京城名妓苏三与官宦子弟王景隆明誓终身，后来山西土财主沈洪以千金将苏赎买，带回老家洪洞县朝阳村做了小老婆。但是没几天，沈洪的大老婆将亲夫毒死，并且买通公检法硬说是苏三下的毒,将之捽进了我们现在见到的虎头牢。正当危难之时,恰巧王景隆被任命为山西巡抚,仍念旧情的他命将苏三押往太原异地审理,最终做出了无罪判决。后来人们将此传说改编成了京剧《玉堂春》,正是其中那段"苏三离了洪洞县"的著名戏文,使得该县的这个专政工具闻名于世。当然这仅仅是传说而已。传说总是美好的,而现实却是严酷的。至少以我对这座监狱的观感,特别是当我看到虎头牢墙下有一小洞,当地人们谓之"死囚洞",据说虎头牢门平时很少打开,如有人犯在关押期间意外死亡,便从此洞将尸体拉出弃之野外。我想苏三如若真的关在这里,恐怕等不到老情人来救她,便已被人从这个洞子里拉了出去。这使得我离开虎头牢时内心的万千感慨最后都归结为了一种感受,那就是深深庆幸我自己一直是个守法公民。

不过令我更深刻地理解了洪洞监狱的,还不是这座监狱本身,而是——直到现在我想起来仍忍不住直乐——我离开监狱之后遇到的一件事儿。走出监狱的时候差不多已是晌午了,由于监狱门临的就是现在县城的主要商业街,我正东张西望着准备找个吃饭的地儿,猛听得街对面响起震天价一声:"好!"却原来是一大群男女正围作一处,为一件什么事情喝彩。挤进里三层外三层的人群一看,竟是一家饭店的老板兼大厨当街表演刀削面。

刀削面在山西本是平常面饭,各种各样的刀削面馆在城乡比比皆是,但我之所以要特别述说这次的面,是因方它的制作方法的确离经叛道、匪夷所思。这其实是一家很不起眼的小面馆,小得连店名店招都没有，很可能正因为太小了，连下面的汤锅都支在了大街上。寻常削面，厨师都是立在锅边，一手托面一手持刀，一刀一刀将面削在滚锅里。但是这家削面的手艺着实令我愕然不已。这家削面的是个光头黑脸、膀大腰圆、袒胸赤膊、腰扎围布的汉子，他竟然不是以手托面而是将面团顶在光头上，双手各持一把削面刀，叉立汤锅两米开外，左右开弓、嗖嗖作响地削着面团，而且卖弄似的边削边退，身体时而高立时而低蹲，一直退到远离汤锅四五米远的地方，削出的筷长的面条犹如无数飞镖，流星赶月一般一叶疾赶着一叶，遒劲、准确地飞落在滚锅里。这之中最令人叹为观止的是，买面者根据各人喜好有的要宽有的要细，那双刀汉子竟然左刀削宽右刀削细，宽若手指细如竹筷，宽宽细细一起飞入同一口大锅，但汉子捞出盛碗时却宽是宽细是细，泾渭分明绝无混淆，那架势一点儿也不像是厨师削面，而更像是打把式卖艺，看得众人瞠目结舌、如痴如醉，叫好声一浪高过一浪。

刀削面的吃法大致有两种，一种是汤面一种是捞面，这个汉子卖的是捞面。捞面吃时应配以卤，所谓"卤"就是前面老陕说的"臊子"，而在老西的方言中则叫"浇头"。这个汉子的面是好面，但是因为他的店太小了，浇头只有炒绿豆芽一种，调料也只有油泼辣子和山西老陈醋。这之后我抵达太原，友人请我到一家以"面筵"为特色的饭店吃饭，且不说那里琳琅满目的各色面食，仅只刀削面一种，浇头就有肉末炸酱、什锦炸酱、蟹黄炸酱、海米炸酱、过油羊肉、番茄牛肉、辣子鸡丁、酸菜豆腐等数十种，调料则有辣椒油、芝麻酱、韭菜花、芥末糊、腐乳汁、蒜泥汁、香菜末、荆芥末等十几样，想吃什么都可以根据各人口味自由选择。说实在的那面吃得才叫过瘾，比我在洪洞吃的这碗面不知强出几百倍。然而不知为什么，我嘴上吃着这世上最豪华的刀削面，眼前浮现的却总是洪洞街头那个光头赤膊、双刀削面的汉子身影，竟觉得天下的刀削面仿佛都是他削的。

  这个想法起初令我微感诧异，但是再想想又觉得也不奇怪。难道不是么？无论何种东西，必须附丽于灵魂，才能称其为生命。那个削面汉子对我来说，已经不仅仅是一次吃面经历，而是作为一个人物形象生长在了我的心里。这形象是那么绘声绘色、生动活泼，每每想起我都不禁生出这样的感触，我在他身上看到的，已经不仅仅是一次技艺的表演，更是一种奇思异想，一种热血的涌动、激情的涤荡，一种对常规的蔑视、对章法的挑战、对传统的反叛，那是一个卓尔不群、桀骜不驯的生物在呆板土地上的萌生和茁长。怪道洪洞这样一个村级县，竟然拥有一座这般坚不可摧的监狱，起初我还对封建王朝的黑暗统治怀恨在心，现在却觉得它的存在完全是合理和必要的。看看这里的人民吧，一碗面都敢削得如此长角带刺、里挑外撅，这样的"刁民"若不用洪洞监狱那样的森严壁垒禁锢着，这世道岂不早就翻了天乱了套。

  当然这只是一句玩笑话。不过，山西刀削面，自从附丽在这个山西汉子身上，在我眼里才算是具有了生命，这却是真的。

雁北莜面

如果我把自己比作一个正在家中整理陈年旧物的人,那么悬空寺就是我在整理过程中,猛然发现的一件连想也不敢想的珍宝。

我是乘坐大同至繁峙的长途汽车前往悬空寺的。我在汽车站打听去往悬空寺的车时,这车的司机说他的车就在寺畔过,我盛情难却地被拉了上来。车出大同不久即在层出不穷的梁峁沟壑间盘行,一连两个小时,眼睛能看到的只有其貌不扬、黄赭颜色的山峦。单调有时是可以令人失望、沮丧的,久而久之我甚至对此行的目的和意义产生了疑问。但是就在这时车在山谷中停了下来,司机对我说你到了。我一看这里前不着村后不挨店的样子,一点儿也不像个上下人的地方,狐疑地问寺呢?司机遥指远山崖壁说那不是?我顺着指向一望当时就愣住了。几乎是在人们完全意想不到的地方,一个奇迹出现了。我看到远山至此,如遭劈削,壁立千仞,斧痕纵横,而就在绝壁半腰间,一座古寺悬空而筑,上不着天下不挨地,檐拱角挑层层叠叠,墨绿深红小巧玲珑,寺上危岩欲坠惊心动魄,寺下云烟缭绕群鸦起落,特别是我因为是从车窗里远眺,一时间只觉山寺就如一幅镶嵌在画框中的油画。司机说:"那就是悬空寺。"

悬空寺始建于北魏,主要由道教的三官殿、佛教的三圣殿和佛道儒集成的三教殿组成,其内容确有很大的历史和文化蕴含。不过天下寺庙星罗棋布,供奉的却都是那有数的几张脸孔,就像大面值钞票上印的人头，人们早已耳熟能详、司空见惯，悬空寺在这方面也没有什么独异之外，所以对于游人来说悬空寺之游——至少我本人是这么想的——并不在于观看寺庙内容而更在于寻求两种体验：一个是前面所说的远眺，再一个就是后面要说的登临。如果说远眺给人的感受是赏心悦目，这之后的登临则使人心惊目眩。特别是当我沿着岌岌可危的悬梯栈道，如履薄冰一般登上寺院最高处，临渊凭栏俯瞰深谷，只见脚下断崖一落千丈，悬崖腰际云缭雾绕，谷底灌木隐隐约约，一衣带水宛若游丝，一时间只有一种感觉，就是觉得立足之处摇摇欲坠，两腿不由得发抖发软，内心惊叹有个字小学就学过可是直到今天才算真认识，此字就是——悬！

悬空寺实是令人惊奇，不过我在悬空寺的奇遇还不止于此。正常游悬空寺，应由大同出发朝去夕归，但我因公干耽搁了时间，由大同出发便已中午时分，离开古寺时正值夕阳西下，背后传来寺院的晚钟暮鼓。由于这时已经没有返回的班车，只好就近找地方投宿。我在寺下山坳里发现一户农家，推开柴门看到一个老汉正坐在屋门槛儿上听半导体收音机。这是一个头发花白、勾肩偻背的老人，穿一身破旧毛边的灰色涤卡中山装，袖筒和裤腿都高高地挽着，瘦削的脸孔和裸露的胳膊腿黢黑黢黑，那黑颜色一望而知不是肤色，而是沧桑岁月蒙上的尘垢。老汉听清我的来意，笑着推开我的饭钱和店钱说啥钱不钱的，他小儿子前几天生了个娃，他老婆去帮着侍候月子婆娘了，家里只他一个人。住的地方倒是有，就怕没啥吃的招待我这个城里人："我屋里只有莜面。"我早就听说莜麦是一种类似燕麦的植物，生长在北方（譬如雁北）高寒地区，籽实可以磨面食用，只是因为此物非常不易消化，吃了常使人胃胀、便秘，现在除了偏远农村已经很少有人再拿它当饭，所以一直未曾吃过，便道："莜面就莜面，正好尝个鲜。"老汉闻言爽快道："那咱就吃面饭。"

就这样我吃到了有生以来最令我吃惊的一碗面饭。我相信你看完我的这一段描写一定能明白我当时的吃惊程度。老汉是在世界大事的播报声中，一边烧水一边和面的，水锅滚沸起来的时候面也和得恰到好处。老汉事先对我说了这顿饭吃的将是面鱼儿。面鱼儿这东西我吃过，知道是用面鱼儿漏子制成的，但我东张西望并未看到这种熟悉的面食制作工具，正自疑惑间，一个令我目瞪口呆的场景出现了——只见水滚面成之时，老汉忽将一条腿抬起踩踏在锅台上，一只手将原就高高挽着的裤腿捋到大腿根儿，一只手将湿软沾黏的面片巴在裸露出来的大腿上，之后两手握拳拇指跷起，两只拇指左右开弓你追我赶，就像在澡堂子里搓泥儿那样朝滚锅里搓开了面，拇指每搓一次就有一条鱼状的面泥落进锅里，随着双手马不停蹄、眼花缭乱地搓捻，无数条面鱼儿争先恐后"扑扑嗒嗒"跃入水中，在沸水中追逐嬉戏翻滚遨游。一刹那间面尽鱼熟捞出盛碗，再看老汉，浑身上下仍是那般黢黑，唯有大腿上刚才搓面的地方又白又嫩，猛看上去就如一条黑裤子上打着一块白补丁。

我当然要为你细细形容一下这碗面。此面的制作方法虽不甚雅，但却是一碗名副其实的面鱼儿，长约寸许，头尖肚圆，色泽青灰，晶莹剔透，淋以陈醋，佐以辣油，入口爽滑，嚼之筋韧，微酸微辣，清凉生津，一朝食过，终生难忘。千真万确，我一生吃面无数，但从未像今天这样吃得深有感触和感悟。我终于明白为什么老陕和老西们，能把一碗面饭吃得如此声名远播了。面，简直就是上帝专门赐予他们的食物，而他们，也仿佛是专为吃面而生的。只由这碗面鱼儿便可看出，他们不仅能把面吃成名为烹饪的艺术，更有一桩本事就是能够因陋就简、点石成金地将面变成他们日常汲取的营养。而这才是他们真正的绝技。他们之中没有特别出众的面艺师傅，因为他们每一个人都是非常出众的面艺师傅，你从他们里面随便扒拉出一个人，都能为你端出一碗与众不同、只此一家的面饭来。

更加令我惊奇的还不是这碗面饭，而是这个老汉。没想到老汉并不是寻常农民，他还是一个退休的乡村小学教师。当我们边吃边聊时，他听说我是杂志编辑，竟然兴奋不已地告诉我他是一个文学爱好者，几十年来一直坚持文学创作，特别是旧体诗词的创作，说着翻箱倒柜找出几本诗作，非让我看看能在杂志上发表不。那是几本小学生用过的拼音本，诗词写在本子的背面。我只翻看了几首，先是为之愕然，接着忍不住乐了。没想到这个就着大腿搓面、蹲在墙根儿吃饭的山村老汉，这辈子也许从未走出过大山一步，与山外唯一的维系就是手中那只破收音机，却是"风声雨声读书声，声声入耳；家事国事天下事，事事关心"，对山外世界的政治风云、外交事件、自然灾害、社会新闻耳闻目睹，感同身受，并且以笔书史、以诗言志，将这感受倾注在他那平仄对仗、合辙押韵的诗行中。我谨将他的几首诗词照录于此——

大款斗富

世风日奢靡，大款斗富有。彼此酬华筵，挥金如水流。

张三请李四，二万一壶酒。李四谢张三，一席六万六。

王五闻听怒，岂落他人后？打开密码箱，三十五万够。

石崇若重生，珊瑚不敢露。山西一学童，扎帚街中售。

学费五十元，盈月难聚凑。

闻阿富汗巴米扬大佛被毁

米扬两大佛，悬崖峭壁间。文明留胜迹，一千五百年。

人世无价宝，艺术真奇观。轰隆炮声震，烟消塔利班。

读着老汉的诗词，我不由想起另一首词，《三国演义》开头的那首词："一壶浊酒喜相逢，古今多少事，都付笑谈中。"都付谁的笑谈中？那词说得很明白——渔、樵。一个打鱼的人和一个砍柴的人，他们在结束了一天的劳动之后，在扛载着收获回家的路上，在落晖浸染的山水间——相遇了。由于两人都已在这天获取了他们在这一天里生活所需的一切，在这一天剩下的时间里，再也没有什么事情需要他们思虑和牵挂，所以他们决定坐下来喝几杯。喝酒当然要有菜，山野之中哪来的菜，于是天下大事、千古英雄就成了他们最好的下酒菜。这是一道何等可口的菜肴啊！如果必须用一句话来形容，恐怕最贴切的话只有一句，那就是"色、香、味"俱全。

我把老汉的这几本诗作带了回来。尽管我们是一本生活类杂志，不发这类"文学"作品，但我仍然把它带了回来。我是把它作为一件旅游纪念品带回来的。一直到现在，每当我翻看这些诗页，就仿佛又看到了在雁北的深山古寺中，一个老汉坐在自家门槛儿上，一边吃着面鱼儿一边听着收音机。他用以佐饭的调料，除了陈醋和辣椒，还有收音机中传来的世事烟云和兴衰。

常平的结局

常平这地方，很少有人听说过。它位于豫晋交界处，归属河南省沁阳市，北与山西晋城接壤。但其境内的一条古羊肠坂，也就是羊肠小道，却是历史上兵家必争之地。它蜿蜒于太行山中，是古代连通豫晋的唯一通道，"北走京师，南通伊洛"，战略地位极其重要。而常平，由于正卡在这条通道的咽喉上，且地势险要、易守难攻，便成了一个重要军事关口，史称为"上党门户""洛阳锁钥"，谁能取得它，便能"直取上党，北达京师，南破伊洛，控扼虎牢"，取得战争的主动权。

于是，就有了1939年的常平阻击战。

关于这场恶战，有关资料上是这样说的。1939年春夏之交，侵华日军华北方面军，集结重兵三万余人于豫西北一带，沿焦作、沁阳、古羊肠坂，展开十多公里长的战线，意图强攻进入山西，打通太行山南侧豫晋通道，与侵晋日军会合，以完成对该地区中国军队的包围、分割和摧毁。为粉碎日军战略意图，我国民革命军第40军39师115旅，在旅长黄书勋的带领下，于常平一带构筑起三道防线，以区区一旅对抗日军一个精锐师团，进行了一场华北地区最大、最惨烈的战役，在漫长的三个月的阻击战中，共进行大小战斗四百次，歼敌两千多人，共有三千余名黄旅官兵战死沙场。黄旅只辖两个团，229团和230团，按着当时部队建制，战死三千，等于全旅都打光了。资料说，虽然日军最终仍然实现了豫、晋两方面军的会师，但该战役大大迟滞了其战略意图的完成，极大减轻了晋冀豫一带中国军队的作战压力。也就是说，黄旅以全军玉碎的代价，取得了一场悲壮的胜利。

常平阻击战，已写进中国人民的抗争史，所以有关战斗过程，就无须我再细说了。我在这里想说的是，参与此役的几名中国将士，以及我所知道的他们的最后结局。

首先要说的，当然是40军军长庞炳勋。整个常平之战，庞炳勋并不在现场，且也未见其前线督战的记载，但作为全军主官，黄书勋旅只是其麾下一部，他毫无疑问是此役的总指挥，因此不能不说到他。

这个庞炳勋，如果按现在的眼光看，可以说是个老"兵痞"。作为职业军人，他出道很早，清朝时候当的兵，早在北洋时期就已混上团长旅长，还被打断过一条腿。此人有一定军事才能，曾把韩复榘打得直叹："没想到庞瘸子这么厉害！"但在漫长的军阀混战时期，一直是有名的倒戈将军，为了保存来之不易的那点儿实力，每临大战，不是避重就轻，就是临阵叛变，先后易主、投靠过孙岳、吴佩孚、靳云鄂、唐生智、冯玉祥、蒋介石等多支军事势力，颇为同时代军人所不齿。但就是这样一个老滑头，命运把他推到了抗日最前线。当时台儿庄大战已经打响，而来自临沂方向的解围日军，很可能把整个战役搅黄。时任战区司令的李宗仁，因为实在抽不出更可靠的兵力，不得已只好把庞的40军调往临沂，担任阻击援军的任务。没想到这个内战中的墙头草，内心却深明民族大义。40军的对手，是日军名将板垣征四郎和他的精锐师团。面对如此强敌，庞炳勋认为这很可能是一场有去无回之战，但他豪壮地对部下说："我年将六十，一腿尚瘸，毫无牵挂，能参加保卫国家的抗日战争，是生而有幸。如果能在中国复兴史上增添光辉的一页，固然是我的愿望；即使把我们壮烈牺牲的事迹在亡国史上写上一行，也算对得起祖宗！"正是禀着这种精神，自1937年3月10日至4月19日，40军破釜沉舟，就像一根钉子牢牢钉在临沂城头，死顶住板垣师团飞机大炮的狂轰滥炸和集群日兵的反复冲杀，直打得全军仅剩不到一旅，几乎把他内战中好不容易保存下来的血本拼光了，硬顶得板垣征四郎眼见台儿庄遥遥在望，就是不能前进一步，直到台儿庄战役全部结束。就连一直对庞放心不下的李宗仁，后来都在他的回忆录中写道："敌军反复冲杀，伤亡枕藉，竟不能越雷池一步。当时随军在徐州一带观战的中外记者与友邦武官不下数十人，大家都想不到一支最优秀的'皇军'，竟受挫于一不见经传的中国'杂牌'部队。一时中外哄传，彩声四起。"

1943年年初，这时庞炳勋已是第24集团军总司令，部队驻防太行山区。4月，日军五万余人，从东、西、南三个方向向庞防地扑来。不久各军防地即被突破，庞炳勋带领集团军总部向深山区转移，途中与日军发生遭遇战，总部人员或死或散，只有他和他的儿子庞庆振躲进一个山洞，幸免于难。汪伪政府得知消息，多次派人前去劝降。庞炳勋山穷水尽，遂于5月7日向汪伪政府"投诚"，被汪精卫任命为伪暂编第24集团军总司令。关于这个"投诚"，民间说法不一。有人骂他为汉奸，并选为"十大伪军将领之首"。也有人说他身在曹营心在汉，任职汪伪政府期间一直与国民政府暗中联络，是经蒋介石同意的暂栖虎穴、"曲线救国"。究竟如何，因众说纷纭，且时过境迁，我们已无法考证。但日伪投降后，蒋介石不仅没有处分此人，仍命其为第40军军长，后来40军在邯郸被解放军歼灭，庞表示不愿再任军职，还安排他做了国防部咨议，却是事实。这位在中国近代史上名噪一时的职业军人，最后的结局是，在解放军攻克南京前夕，他与姨太太和一双儿女逃往台湾，定居在台北市内。晚年由于生活无着，因年轻时曾做过小生意，堂堂上将只得放下架子，重操旧业，与人合开了一家餐馆，惨淡经营、勉强度日。而与他合开餐馆的人叫孙连仲，也是陆军上将、抗日名将，曾在北京故宫太和殿主持过对日华北方面军的受降典礼。1963年，也就是我出生的那一年，庞炳勋客死台北，终年85岁。可以说，结局十分黯淡。

然后要说的，就是115旅旅长黄书勋。实际上他才是常平阻击战的第一主角。整个战斗中，他不仅是前线总指挥，而且是一名战斗员。我们说了，为了有效阻击日军，黄旅在常平构筑了三道防线。但由于敌我实力过于悬殊，日军天上有飞机助战，地面有两个炮群上百门火炮，在他们的狂轰滥炸和昼夜攻击下，防线一道道被突破。虽然防线接连失守，但全旅打得宁死不屈，子弹打光了拼刺刀、用石头砸，最后官兵们把仅剩的手榴弹捆在身上，冲进敌群与敌同归于尽，还有许多战士宁可跳崖也不落入敌手，让日军每前进一步都付出了血的代价。据常平一带老百姓说，激战到最后，日军尸体漫山遍野，他们只得把山村的门板、桌凳统统搜拢起来，劈成柴火浇上汽油，将尸体成摞成摞焚烧后，把骨灰装进一个个小袋子带走。关爷坡是阻击战最后一道防线，黄书勋带领残余官兵在这里激烈抵抗了十几天，身为少将旅长的他，甚至亲自脱光衣裳，怀抱机枪向敌扫射。日军久攻不下，最终向阵地发射了大批毒气弹，黄旅四百多名官兵被毒气窒息死亡，黄书勋才带领少数官兵撤出阵地。至此，常平阻击战全部结束。

黄书勋生于清光绪年间，早年参加西北军，历经长城抗战、台儿庄战役等，在长期战斗生涯中一腿致残，是40军中又一位"瘸将军"。常平之战后，黄旅经补充，继续在山西晋城、高平、长治、壶关一带与日军周旋。1940年驻防河南林县原康村。这时的黄书勋，一方面因为长期征战、心力交瘁，另一方面常平阻击战中日军毒气弹对其身体造成严重伤害，已身心俱损、力不能支。这年重阳节，他登高望远，面对山河破碎、家国涂炭，心中仍充溢着军人报国的悲壮情感，以诗言志道："登高一望遍腥云，善恶同难何人分。返转乾坤行大道，还我原来太平春。"只可惜，命运已不再给他一酬壮志的机会。之后不久，1940年12月1日，这位热血将军溘然病逝于军营中，年仅44岁。40军全军为他举行了葬礼。而就在十几天后，他的夫人刘仪卿也留下遗书，望子女继承父志、精忠报国，并将国民政府发给的抚恤金悉数捐献抗战，殉夫自尽，年仅33岁。军长庞炳勋闻讯，惊愕不已，涕泗横流，亲自为这对夫妻撰文立碑，称他们："夫报国壮怀激烈，妻殉夫忠贞不渝。"

黄书勋身后留有两儿一女，均由其弟黄书馨抚养长大。长子黄建章，中华人民共和国成立前夕由黄部下带往台湾。次子黄建国，是个遗腹子，自出生后就没见过父亲，父母去世时只有两三岁大，不久前曾撰文说："故父母情况，我只是从家中所留家谱中得知一些。"目前居住在上海。女儿黄坤英，中华人民共和国成立后参加工作，是一名普通纺织女工。

黄书勋一生，就像庞炳勋说的，可谓"壮怀激烈"。但身后名，可能因为旅长官太小吧，却并不显赫，甚至可以说有点默默无闻。许多人，包括一些多年研究抗战史的人，都没听说过这个名字。就连我，也是不久前随河南作家采风团参观常平阻击战遗址时，才第一次知道有这样一个人。直到2005年，抗日战争胜利60周年，其次子黄建国才作为抗战将领遗属，获得胡锦涛主席颁发的抗战胜利60周年纪念章。这不能不令我们感到惭愧。

黄书勋还算好的，不管怎么说来龙去脉还算清楚，而他的战友，时任115旅副旅长的史振京，则下落不明。

史振京比黄书勋大一岁，与庞炳勋、黄书勋同为河北人。常平阻击战中，黄旅构筑三道防线，并分东西两个战场。西线窑头—关爷坡，由229团防守，黄书勋指挥；东线常平—孟良寨，由230团防守，史振京指挥。东线日军强攻常平,数日不下,调来三架飞机助战,反复轰炸冲击。史部与日军在常平村中近身血战,逐房争夺。据沁阳和常平提供的资料,此战毙敌近千人,而史部也伤亡殆尽,副旅长史振京壮烈殉国,余部放弃村庄撤至孟良寨。

但也有知情人讲,史振京当时并未阵亡,此后还出任过孙殿英新编第五军某师少将参谋长。因在常平之战中受日军毒气弹攻击,呼吸道受到严重损伤,罹患肺病,咯血不止,1941年下半年曾秘赴敌占区北京协和医院治疗,同年12月在协和医院去世,遗体葬归故里河北新河。史与妻生有一子一女,他去世后妻女生活窘困,在河北、陕西等地到处投亲靠友,其子史殿林原系40军留守处副官,后离开军队在河南新乡做小生意养家糊口。

究竟哪一说更加真实,现在已无据可考。但,一代英烈,最后竟生死不明、众说纷纭,可见结局的寂寞。

比史振京结局更不好的,是时任229团团长的司元恺。

229团担任西线防守,在黄书勋、司元恺指挥下,几乎拼到了最后一个人,甚至旅参谋长邓其冼都战死阵中。常平之战后,司元恺先后升任副旅长、旅长、副师长等职,在河南林县、安阳一带坚持抗战,赫赫有名。

在这里,我想特别说一说一个叫焦世英的人。

焦世英,河南省内黄县人,1935年,也就是《义勇军进行曲》问世那一年,怀着一腔报国热情投身军队,由于作战勇敢,到常平之战时,已是115旅某连连长。他在坚守山头时，被日军迫击炮弹炸伤腹部，据说当时肠子流了一地，由于战地救治条件差，两天后不幸牺牲，时年30岁。他的死讯传到老家，妻子儿女抱头痛哭。但是妻子很快擦去眼泪，又把年仅16岁的大儿子送进军队。妻子一生最大的愿望，就是能找到丈夫的坟墓和遗骨，但直到89岁去世时也未能如愿，儿女只得将父亲遗物与她合葬。后来，有个叫李建国的沁阳人，有感于常平之战的慷慨悲壮，发誓决不能让烈士的血白流，历时十年寻找牺牲将士的亲属。他在一块残存的墓碑上，发现了焦世英的姓名和籍贯，经过多方、辗转联系，终于找到了焦的儿女。这才知道，焦战死后，特别是中华人民共和国成立后，由于活不见人死不见尸，家乡人不明真相，一直将他的家人视为伪军官家属，予以不公正待遇。妻子动不动就被叫到区政府交代问题，儿女在工作单位多次受到审查，"文化大革命"中甚至有人贴大字报，说他们是黑五类子女，本质反动。而今，焦世英终于被证明是为国捐躯，他的儿女泪流满面拉住李建国的手，说的第一句话竟是："感谢你呀！为俺洗清了多年的不白之冤。"

何止他们，就连常平，这个曾经的大战发生地，不也是如此么？当年的常平村，如今已叫常平镇。此刻，我正站在小镇的街头。这是镇子唯一的街道，两侧尽是年深日久的老房子，黑瓦灰墙，泥石门楼，山墙上挂着大嘟噜金黄的玉米，一些门脸上还依稀可见几十年前的"供销社""财政所"等字样。由于已是初冬，霜和雾都很重，镇上很少有人影，有几家烟酒店、小饭店、土产店、五金店，但是都没生意，唯有晋煤外运的卡车长龙，在镇外省道上扬尘飞烟地穿行。看上去是那么其貌不扬，就是太行深山中的一个寻常乡村。我说过，我是随省作家采风团，专程来看望这处抗日遗址的。我想，如果我不是以这种身份，而仅仅是一个过路人，那么我就是站在这里站上两天，也不会想到在我面前的这片土地上，曾发生过一场民族抗争的生死大战。就如同，当年那悲壮的一页，早已不吭不哈地翻过去了。

这使我不由地感慨——常平的结局，实在是太平常了。

可，那又怎么样呢？我们的人民，一向不都是如此么。但不论别人是否想起他们，一旦需要，他们总会为民族挺身而战。这让我想起，我案头的一块出自辽宁北票的海洋生物化石。那是一位东北朋友送给我的。一块古老的石面上，犹如镌刻一般，印着两叶可能是寒武纪的海藻，它们的姿态那么优雅、那么婀娜，几乎还能看到生动的绿意，简直可以说一如生前。我曾查过词典，所谓化石，就是远古生命的遗体，被岁月的风沙掩埋后，体内的有机物分解出来，与掩埋它们的泥沙一起经过石化变成石头，但是它们的形态和结构依然保留着。我想，那些殉国于常平的人们，不也是如此么。他们的音容也许已被岁月的风沙所埋葬，但是他们的血液却已变成了化石。岁月可以风化一切，但是却很难消解一块石头。说不定哪一天，我们在山间捡起一块石头，一翻转，就可以看到他们的美丽……

方顶的绿荫

我从纷繁、喧嚣的郑州市区，来到这个叫方顶的小村，就像一个在炎炎烈日下行走的人，猛地来到一棵茂盛、苍郁的老树下。是的，那一刻我站在村口，就是这样一种感觉，就好像站在老树的凉荫里，觉得一瞬间，心灵是那么清凉、清幽和清净。

事实上，方顶既不在荒郊野外，亦不在深山老林，它距离郑州市区仅几十公里，对来自那个大城市的嘈杂几乎清晰可闻。有道是"林泉物外自清幽"，而并不在林泉物外的这个村庄，何以竟也清凉、清幽、清净如斯？它的这片浓荫又从何而来呢？

若要我说，其实简单。此刻我正站在方顶的村口。站在村口的我，意外而惊奇地发现，我面对的，竟是一个如此古老的村落。灰瓦黄泥的老屋，依山傍崖的窑洞，飞檐挑角的门楼，逶迤蜿蜒的寨墙，日久年深的松柏……这一切，被斜阳落晖静静地、暖暖地浸润着，使人感觉置身其中，就像沉浸于一首古诗中——一首《渭川田家》或《过故人庄》那样的田园古诗中。而我们所体验的一切清、凉、幽、净，在我看来，正来自对这首古诗的阅读和咀嚼。

不是么？"故人具鸡黍，邀我至田家。绿树村边合，青山郭外斜。开轩面场圃，把酒话桑麻。待到重阳日，还来就菊花。"每当我们在烦乱的城市生活中，在层层叠叠的高楼大厦和沸沸扬扬的人声车声中，无声地吟哦起这样的诗歌，我们的神魂都会不知不觉地出舍出窍，都会脱离现实、穿越时空，悠悠然来到——我在开头说过的——那株盘根错节、浓荫蔽日的老树下，在这片荫凉中找到一种久违的安静、安适和安逸。我们中的哪个人，不曾有过这样的经历？

一点不错，这是个古老的村落。后来我看到一些文字材料说，早在新石器时期，方顶即已有人类居住。这个扯得有点太远了，我们姑且不说。还有材料说，春秋时期，楚国不断向中原扩张，而方顶，曾被楚庄王选作问鼎中原的踏脚石，在这里屯驻过重兵。这一点，由于年代久远，似乎也已找不到实证。我在今天看到的方顶，历史应是从明初开始的。元朝末年，连绵不断的战争和灾害，造成中原地区人民涂炭、家园荒废。明初洪武年间，政府为了助推中原重新崛起，由山西向这一带大量移民。一支来自山西洪洞县的方姓移民队伍，辗转颠簸来到方顶——当然那时间还不叫方顶，看到此处依山傍水、山清水秀，用现在话讲十分适合人类居住，便在此停顿、居留了下来。从那时开始，经过一代代的添砖加瓦、不断积累，才终于有了我们现在看到的方顶村。这也就是为什么，我们在方顶所见的民居，多为明清时期建筑的缘故。我看到材料这样说："方顶村古民居，是目前郑州境内发现的面积最大、规模最大、保存最完整的明清时期传统建筑群。"即使是在几百年后的今天，仍有古建筑面积一万多平方米，房屋一百余座，房间三百余间。

方顶地处郑州市上街区，这里是平原向丘陵的过渡带，到处都是黄土梁峁和沟壑，所以方顶的古民宅也随形就势，或靠山而筑，或依坡而建，或屹立峁上，或盘踞沟底，形成高高低低、错落有致，有聚有散、时隐时现的奇妙景观。这些，若要一一道来是不可能的。在这里，我只能随手拈几个最为古香古色的，给你说一说。

说到村庄，首先要说的当然是祠堂。方顶人多姓方，祠堂就叫方氏祠堂。方氏祠堂建筑于清代，位于村庄的中轴线和制高点。这与它的唯我唯大和高高在上是一致的。祠堂由三房一门楼组合成院，正房供着一通方氏宗亲石碑，碑上按世代铭刻着五支方氏祖先的名讳，两侧的厢房则是家族谋事和活动的场所。门楼——这里面最值得一说的就是门楼——是庄严威武的高台门楼，顶部五脊六兽、挑角飞檐，门面砖砌泥抹、灰色厚重，几乎通身都饰有精美砖雕，雕刻着游龙、奔鹿、麒麟、蝙蝠、牡丹、莲花、绣球、寿桃等图案，惟妙惟肖，栩栩如生。这儿是我游方顶的第一站。方氏祠堂的门楼于我来说，实际上相当于整个村庄的门楼。我记得斯时，我站在门楼前，几乎是一下子就被它的深沉、苍黄的古意震住了。感觉不是从此进村，而是由此进入了返回前朝的时光隧道。一瞬间，我感到物我两忘、宠辱皆忘，烦躁、烦忧的心一下子安静下来。

从这门楼进来,我们走在村街上,恍若真的顺着小街来到了前朝。因为我们看到,街两侧肩挨肩的民居,尽是前朝风貌。随便拨拉一个,比如说这一幢,清末秀才方兆凤的宅院吧。方家门楼高大深厚,门头有内方外圆的金钱砖雕,并饰有盘龙、麋鹿、牡丹、荷花等木雕图案,临街房四角砖柱上雕有"福""寿""康""宁"四个大字,俨然一方士绅之家。进至正院,迎面一孔明朝建筑的高大窑洞,窑脸砖雕"富贵吉祥"图案与"卜云其吉"楷书。"卜云其吉"者,就是卦书上说,这是一个吉祥的地方。而方家最具特色之处,正是这孔前朝古窑。因为它几乎涵盖了中原农村窑洞建筑的所有式样。进入正窑,往西一拐,豁然又是一孔大窑,中原农村叫作"窑连窑"。进入西窑,往内里一走,里面竟然又有一窑,中原农村叫作"窑中窑"。正窑门外,拾级而上,上面还掘有一孔小窑,中原农村叫作"窑上窑"。总之足不出户,在这院里就可以领略几乎全本的中原窑文化。方兆凤宅,只是方顶无数古宅中的一处。类似的"名宅"在这里还有清代翰林赵东阶宅、清代武举方兆麟宅、清代拔贡方兆星宅等,数不胜数。总之你要看老房子,在这里几天也看不完。

而在我看来,整个古建群中最具观赏性的,当数村中残存的那截古寨墙。方顶,最早是由寨墙护卫着的,据说当时光寨门就多达十三座。至今,这寨墙仍有两百多米屹立未倒,就像一位年逾古稀的老人,在那儿述说着岁月的沧桑。寨墙,完全是由红石砌成。按照砌石手法,据当地村人讲,可分为线条型和图案型。所谓线条型,就是工匠们先将石头敲打成材，再将这些大致四方的石材，依照水平垒砌成墙，这样砌成的墙壁有规有矩、整齐划一。而所谓图案型，就是石头不经过任何加工，不管大小方圆只管堆在一起，再用泥灰填空儿勾缝儿，这样垒成的墙壁虽无规矩，但线条变幻莫测，图案巧夺天工，十分赏心悦目。由于这种图案花里胡哨、酷似虎皮，村人都叫它"虎皮墙"。这条漫长、巍峨的红石墙壁，与方氏祠堂，与方兆凤宅院，与一幢幢、一簇簇的明清古屋一起，构成了方顶的景观元素。如果把方顶比作一株老树，它们就像老树的蓬勃茂盛的枝干和树冠。老树留给我们后人的那巨大浓郁的荫翳，实际上正是由这些枝的网和叶的冠，层层叠叠、成簇成片编织而成。

我在这里特别要说一说，方顶作为一个存留至今的古村落，其古典性并不是只局限在那些古代建筑。生活在这里的方顶人，就像他们世代居住的古屋一样，直到今天仍然保留着许许多多古朴的习俗。譬如，他们有风俗叫"坟会"。每年清明和农历十月初一，各姓村人都要在本族长者的带领下，到祖先坟上扫坟、祭拜。这么做，不仅是为了缅怀先人，更是为了勉励后生。因为每当这时，族中的长者都会借此机会，对族人回顾本族的历史和往昔的光荣，讲述族中的族规和族训，叮嘱后代一定要不忘祖德、牢记祖训、正经做人。其情景，就像我党在井冈山等红色景点，对青少年进行革命传统教育。这一习俗，或者说这种古朴的教育方式，据说方圆这一带只有方顶才有。譬如，村畔有一碑曰"戒赌碑"。此碑据说是这样——古时豫西赌风颇盛，方顶一带人犹好赌，不仅致使赌者倾家荡产，而且造成家庭不和、村庄不睦。为了刹住赌风，村中有见识的主事人创新社会管理,邀请当地大知识分子赵东阶,专为戒赌博撰文并立碑,碑文严格规定:除正月初一至十九可以玩牌外,全年其他日期一律不准。这一碑文内容不仅在当时行之有效,一直到今天仍被村民视为村庄的规约,主动自觉,严格遵守。在今天,还有村庄将古代规约作为行为准绳,实属罕见。譬如,我听说在这里,做生意还可以物易物。一辆瓜车"嘟嘟嘟嘟"开到村口,西瓜贩子不是吆喝"谁买瓜",而是吆喝"谁换瓜"。咋换哩?用粮食。一斤粮食换一斤半瓜。瓜贩是这样,其他贩子也是这样。每当村人听到小贩们五花八门的叫"换"声,便用布袋或簸箕盛着粮,纷纷走上村街围住那声音,换取他们各自需要的东西。这种古老的贸易形式,不要说在当今城市早已见不到,就是在一般农村也很难得一见了。譬如,村庄那古香古色的民间文艺活动,至今仍在十里八乡闻名遐迩。他们的绑灯山——将几百盏花灯捆扎成一座大山,将正月十六的夜色照耀得火树银花,那熊熊燃烧的灯火几十里外都隐约可见。他们的高跷队,头扎羊肚手巾,身穿黄衣白裤,腰系手舞彩绸,能踩着高跷翻跟头、大劈叉,高难度捡起地上的东西。他们的卧竿儿,人物扮成小丑模样,坐在不停晃动的横竿上,随着长竿上下左右晃动,一边做出种种怪相逗笑观众,一边表演各种惊险的杂技动作。这一切——如果把方顶比作一株老树,我觉这一切应是老树的茁壮的根须,老树正是通过这错综发达的根与须,接住了生活和历史的地气,并从中源源不断地汲取营养,养育了粗壮强劲的躯干和绿色如云的冠盖。

方顶人，至今仍生活在古村中。有的，还居住在几百年的老屋里；有的，搬虽搬了出来，但新屋就在老屋的紧邻。这使得青砖黄泥的老屋，混在钢筋水泥的新屋中，就像鹤立在鸡群里，显得很是不协调。所以一开始，我打算在这篇文章里念叨几句——能不能在附近建个新农村，把村人都移到新村去居住，将这里有碍观瞻的新屋都拆除掉，只保留那些硕果仅存的老建筑，让村庄变成一个原装纯粹、毫不掺水的古村。但是真写到这儿了，才发现这话不能说。为啥呢？方顶的屋舍，从明清，到民国，到现在，是一种连续和传承的关系。连续的是历史，传承的是文化。正是这些负有传承使命的新房和新人，赋予了古村生命感和生动感，使古村拥有了亲切的人间烟火气。设若把这些人都移走，把所有的新东西都拆除，只剩几幢老房子孤零零地戳在那儿，就等于刨断了老树的根须，我——我想我就是不说，你也可以想象那是一种怎样的情景。

此刻，当我坐在城市家中，在电脑前敲着这篇文字时，不由地，仿佛又一次，远远地看到了方顶，看到了它古老的树干和繁茂的枝叶，并从心底感到了它的清凉、清幽和清净。

我要说，如果你一直在为生活而奔波，并且深陷于城市的纷乱和嘈杂中；如果你因奔波而身心俱疲，并且厌倦了围困着你的这种纷乱和嘈杂——到方顶去。

或许你在那儿，能让心灵获得解脱和休憩……

酒事四题

酒和肝

很奇怪。

酒这东西,我们知道,对人的危害主要是毁人的肝。我们常说"酒伤身",实际上也是指的肝。先是影响、破坏肝功能,然后把好好的肝变成酒精肝,然后形成肝硬化甚至肝癌,最终导致肝昏迷和肝死亡。所以,人们总是这样劝老朱"别喝了",或者"少喝点,再喝你那肝就去球了"。

老朱这人,要活到现在,没七十也差不多了。他二十岁进厂当工人,两年后就混到厂办公室做了科员,五年后就混到局办公室做了科员。应该说,一开始进步还是很快的。但是后来就不行了。咋呢?他来到局里就是科员,一直到退休还是个科员。等于自从来到局里后,始终在科员的位置上原地踏着步，后半辈子白混了。

从工人到局办，这段岁月里老朱是不喝酒的。那时候他风华正茂，意气风发，觉得每天早晨的太阳都和前一天那么不同。老朱开始喝酒，是在他来到局里以后；特别是在他一把椅子一坐就是多少年，再也挪不动以后；特别是在他眼睁睁地看着，那些比他年轻比他来得还晚的人，一个个"噌噌"地赶上他超过他，都混成科长、处长甚至局长以后。

当然，老朱的酒瘾和酒量，也是积年累月，渐次变大，越来越大的。先是，一次只喝一两盅，而且不是天天喝，只是想喝、需要喝的时候才喝一喝。但是后来就喝开了，喝得越来越没有节制了。从两盅变成了二两，从二两变成了半斤，从半斤变成了一瓶。次数，也由每日一喝、每天晚上喝一喝，变成了一天两喝，中午喝了晚上还喝。等到科里最年轻的年轻人，刚来的时候还给他拎过包，也超过他当了他的科长，他已发展到就连早上喝羊肉汤，也要买半斤酒兑到汤碗里，呼呼噜噜喝了再上班。

那还用说，老朱——就和所有酒徒一样——也是有许多与酒有关的趣事的。随便举个例子，比如说吃菜。我们知道，酒是要佐以菜才会有滋有味的，所以有道是"好酒好菜"。老朱喝酒，当然也要菜，没菜是喝不下去的。但是他对菜好菜赖的要求却不严格。也就是说，有肉当然好，没肉弄点儿素的，没素的弄点儿别的，比如说一棵葱两瓣蒜之类的，也能凑合。有一次他中午没回家，从办公桌下摸出半瓶酒，光有酒没有菜咋行呢，便在抽屉里翻来覆去地找，最后只找到一包——也不知啥时间的——桑菊感冒片，他竟用这包药片片，"咔嚓咔嚓"的，下了半斤酒。还有一次，他们家实在没菜了，而他也懒得出去买，最后竟然倒了一碟酱油，用筷子头蘸着，呷一口酒嘬一筷子酱油，呷一口酒嘬一筷子酱油，照样喝得有滋有味，而且一喝就是一瓶。看到的人，无不啧啧道："看看人家这喝家儿！"

喝酒，当然就有喝大的时候。老朱因为天天喝、顿顿喝，人们看到他喝大的次数，自然也更多一些。这个也是有过许多笑话的。譬如，有一次，他和几个老酒友，在一个地摊儿上喝到半夜，喝完散伙儿时突然觉得有些尿急。因为喝大了么，再说又是半夜，也就没那么多讲究了，裤子一解对着马路沿儿一棵小树就尿开了。尿完系皮带，竟连那棵小树也一块系了进去。然后，想走，就走不掉了。一走走不掉，二走走不掉，于是就急了。他还以为，是酒友拉着不叫他走呢，冲着小树急赤白脸道："拉啥拉，拉啥拉，没见都喝成这了，再拉我也不喝了。"譬如，还有一次，也是半夜，喝大了骑车回家的路上，连车子带人栽到马路边，就在寒风中呼噜呼噜睡开了。结果第二天早上醒过来，发现自行车不知被谁推走了不说，就连皮衣也不知被谁扒走了。这时候，老朱已经六十多岁，退休两年了。一个这么大岁数的人，还喝得车子叫人推走，皮衣也叫人扒走了，可想而知他已经喝到了什么境界。所以那时候就有人说："这个老朱，我可以跟你打个赌，最后非死在酒上不可。"

老朱，最后，还真就死在了酒上。他是在一次酒后骑车过马路时，不知他没看见车还是车没看见他，被车撞死的。不过他的奇异之处，并不在于被车撞了。而是被车撞了后，当场并没死，直到送进医院脑子还清醒，并且对医生说了这样一句话："我死后，这一百多斤就交给你们了，你们看着哪个零件还能用，只管用。"老朱，因为喝酒一辈子没找着老婆，所以也没有儿女。他的事儿，都是自己说了算，不需要征求任何人的意见。他说捐遗体，不用说很顺利地就捐了。而故事奇就奇在这地方。老朱死后，医院解剖了他的遗体，意思可能就像他说的，"看看哪个零件还能用"。却不料，负责解剖的医生出来后，说了这样一句话，正是这句话，把人们全都说愣了。他说："我×！这人胃溃疡、胆结石、肺气肿、心肌肥大伴劳损、大肠里还长了几个瘤，浑身上下简直到处是毛病，就是肝好。"

你看，一个人喝了这么多酒，人们都以为他的肝早就"去球了"，谁知道他一无是处，就是肝好！

福与祸

福兮？祸兮？有时候真不好说。

就说老刘吧，那段时间真是背到了家。他炒的那股叫"中国铁建"，是个修铁路的工程公司，据说是当年小平同志大裁军时，铁道兵整体转的业。谁知他不炒这股好好的，他一炒股就成了大衰股。先是，他把闲钱都押在这股上。没想到头天刚买，第二天便传来噩耗，该公司在承建的沙特轻轨项目中，掉进了对方的合同陷阱，一下子亏损四十多个亿。消息一出，股价霎时土崩瓦解、一路狂跌。接着，他觉得跌得差不多了，又把存款都取出来，补了仓。却不料头天刚补的仓，第二天又传来噩耗。该公司承建的三个利比亚项目，由于该国局势动荡陷于瘫痪，人倒是安全撤回来了，设备、材料却丢在那里，估计已遭当地人哄抢，股价又跌得鼻青脸肿、骨断筋折。后来，他觉得这回跌透了，索性将房子抵押了，又补了补仓，却不料又传来更加重大的噩耗，两列动车在甬温线发生了追尾事故。这次事故，后来证明了是信号系统故障所致，也就是说跟这家公司没关系，该公司只承建了铁路部分。但股价，根本不管这个，跌得最后他一算账，前前后后亏了一大半。一个老百姓，你也不想想，哪经得住如此沉重的打击。老刘这人好喝酒，喜怒哀乐都爱抱个酒瓶子，那晚正好他们同学聚会，结果一喝就喝多了。老刘本来就喝红了眼，同学中又有个姓马的，在区政府干活，对老百姓爱指个手画个脚，非得踹着这顿饭让老刘请，而且一句话正戳住老刘的伤口："老刘，股神，咱中国的巴菲特，钱多得都当纸擦屁股，以后再喝酒都他请。"结果老刘一酒瓶砸在那人脑袋上，不仅把头砸开了瓢儿，而且砸成了脑震荡。就这样，老刘以伤害罪领了四年刑。

　　老刘背到这份上，人们都以为他这辈子起不来了。谁知，"福兮祸所伏，祸兮福所倚"。他四年大刑出来后，本来光剩俩肩膀掮个头，本想把股票赔钱卖卖，摆个小摊啥的混此余生了，却不料打开账号一瞅，就像白日见鬼似的傻脸了。不——会——吧？他的那支大衰股，平均成本六块多，四年没看，这时竟已涨到了二十八！后来一打听，才知道山中没几日，世上已千年，他不在的这四年里，中国高铁事业发生了一次大跃进，不仅高铁建设规模超过了全世界，总理还号召"中国高铁走出去"。在总理力挺下，中国南、北车兼并重组为中国中车，与中国铁建、中国中铁，以及中铁这局那局一起走向了世界。在这一背景下，资本市场刮起了高铁概念炒作风暴，以中国铁建和南、北车为首的高铁概念股一路狂飙，带领大盘从两千点冲上了五千点。就这么着，老刘因祸得福，在监狱里待着一动没动，一股净挣二十多，四年后成了百万富翁。这四年，他要不在监狱在股市上，说不定一解套那会儿就卖了，不仅不挣钱还倒贴个利息。老刘，看着这一大笔天上掉下来的钱，差点脱口喊出："共产党万岁！"

老刘的不劳而获，令人们都叹："这孙子命真好！"却不料事儿并没完。我们说了，老刘这人好喝酒，喜怒哀乐都爱抱个酒瓶子。那晚，正好他们同学又聚会。本来已有人做东，但老刘，不是有钱了么，咋咋呼呼地非要他请，而且啥酒不喝非喝茅台。八个人喝了六瓶茅台，把酒店里的茅台都喝完了，有人已喝得秃噜到桌底下，仍然不依不饶，非叫服务员再去外头拿。那个姓马的，也就是在区政府的同学，平时这种场合都是他指手画脚，看到老刘的咋呼声盖过了自己，心里很是不忿和不满。看到人们都劝："老刘别拿了，不敢再喝了。"他这时候说了一句："让他拿。狗屁不是了一辈子，好不容易做了回暴发户，正不知道自己是谁呢，咱得给人个臭显的机会。"老刘一看，上次出事就是因为他，这次又是他，简直是存心跟自己过不去，呼腾一下火上来了，指着对方鼻子："你说谁？"对方说："谁答应我就说谁。"话音没落，老刘的酒瓶子已"咣"一声招呼到他头上。这回，事后证明，不仅又把人开了瓢儿，而且又砸成了脑震荡。

老刘回到家门口，先是怎么都开不开门，钥匙插不到锁眼里，接着"哇哇"一阵吐，几乎把苦水吐了出来，接着身子一侧歪，栽倒在自己的呕吐物里，"呼噜呼噜"睡了过去。老刘是半夜被人叫醒的，这时他完全不记得发生了什么。叫醒他的是几个彪形壮汉，其中一人问："是刘自力么？"老刘说："是。"那人说："警察。请跟我们走一趟。"老刘还想挣扎着说些什么，但手铐已经不容分说地扣到他手上。

老刘直到被架出楼门洞，还一个劲儿地问："咋回事？咋回事？你们不是开玩笑吧？"

张三的告别酒

此人，我与之共处七八天，却始终没弄清他名字，所以在这里，只能随便给他取个名字，比如说，就叫张三吧。

去年夏天，我因脑梗住了医院。同病房还有个病人，也是脑梗，就是张三。张三比我来得早，病情也比我严重，据说送进来时嘴都是歪的，而且已经不会说话，后来通过打点滴和扎针灸，治得差不多了。到我进来的时候，不仅歪嘴正了过来，而且又能张嘴说话了，只是说话声音还有些呜呜噜噜的。

这个张三——据他老婆说——特别爱喝酒。当时他还不到四十岁，却已经喝了二十多年的酒。等于十几岁，别人还在儿童团站岗放哨，他就开始喝酒了。到四十岁时已经喝得，按他老婆的说法，如果这天到晚饭时还没喝酒，两手拿着报纸看报时，就能把报纸看得"哗啦哗啦"响。这次，因为病成这样了，医生严肃告诫他，无论如何不能再喝了，而且威胁道："再喝不给你治了。"而他，也很听话地接受了医生的劝告，真的准备按医嘱戒酒了。不过，他这个人好玩就好玩在，戒酒就戒酒呗，你直接戒了不就完了吗，他不，他还要搞个仪式。具体地说，就是最后再喝一次酒，与二十多年的酒生涯告上一别。

张三要喝最后一次酒。张三是病人，按说应该由他老婆去买酒的，但他老婆说啥也不去。他老婆说："我给你买啥都可以，就是不给你买酒。"由此可见，这是她对张三喝酒的一贯态度。但张三，我们知道，真正喝酒的人，老婆是管他不住的，要能管住，也不会一喝二十多年了。见他老婆就是不去，他嬉皮笑脸道："你不去我去。我自己去行了吧。"竟然不顾脑袋刚刚梗过，毅然决然走出病房，踏上了他的买酒之路。他这么一去，勾起了我强烈的好奇心。望着他走出病房的背影，这一瞬间我忽然很想知道，这个最后一次喝酒的人，这个无论如何也要再喝最后一次酒的人，等会儿回来的时候，会提回来一瓶什么样的酒。

这个，我想并不奇怪。这就好比，只是好比啊，某个人临终之际，说什么也要见一个人，见不上这人就合不上眼。这时候，我们当然会好奇，会情不自禁地想知道他（她）要见的是个什么人。换言之，也就是，到底是什么人，能让即将远行的他（她）如此牵挂，都要走了要走了，还丢不开、放不下。

大约半个小时后，谜底揭开了。沽酒而归的张三，一手掐着一瓶酒，一手提着三个塑料兜。三个塑料兜里，分别是一兜猪头肉、一兜花生米，还有一兜拌莲菜，都是下酒的好菜。而一只手掐着的，则是一瓶黄铁盒的宋河粮液。

张三，是这样喝酒的。因为是在病房里，所以只能因陋就简。他将一张报纸铺在病床上，再把佐菜摊放在报纸上。本来他自带有水杯，但因那杯里泡的有茶，且茶水颜色还有点黄，他想了想没舍得倒，便将刷牙杯子当酒杯，"咕咕咚咚"倒了一杯酒。那刷牙杯，也是他从家自带的，是个带把儿的绿塑料杯，看着不起眼，倒完了才发现它竟能装半斤酒。然后，张三就像个弥勒佛似的，在床当间盘腿一坐，左手握杯，右手拿一双一次性筷子，开始了他与酒的——与其说是告别，还不如说是拥抱。

一点儿不错，我要用的就是这个词——拥抱。这时的张三，已住院半月之久，也就是说已有半月没闻见酒味了，因此我看到，他的喝酒过程几乎就是一个充满激情的拥抱过程。只见他，先是小咂一口，并且响亮地吧唧了几下嘴，像是在品咂、品味着酒香。这，很像是见到一个久别的情人，先是试探性地拉了拉她的手。接着，很突兀地，举杯、扬脖猛饮了一大口，那一口几乎下去一两酒。就仿佛突然间猛一把，将那情人拉进了怀中。其突然，其迅猛，令我几乎听到了一个女性的、压低的惊呼。再接着，便开始了迫不及待、狂风暴雨的亲吻。也就是，一口酒一口肉的，大刀阔斧、大开大阖地正式吃喝。而这一步，给我的最大感受，就是有力度、有速度，不仅看得我眼花缭乱，而且看得我瞠目结舌。这时候，实际上正值中午饭。就在张三喝酒吃肉的当儿，我也在吃着家里送来的包子。而我的包子才吃了一个，第二个还没吃完，他就已经将半斤酒三个菜一扫而光。

接下来，张三进入了他最受用的时光。这货，就像他的刷牙杯一样，看着不起眼，没想到却是那么能装酒。一杯喝完了，他还想再倒一杯，也就是把瓶里的酒全喝了。虽经他老婆大声叱喝和奋力抢夺，他还是又倒了大半杯。这时，他显然已经进入微晕状态。从这儿开始，他的喝酒速度完全缓和下来，不再连三赶四，不再大口猛灌，也不再吃任何东西，而是朝床头被子上一靠，并把被子调整到最舒适的角度，双手抱着那半杯酒，就像冬天里抱着个暖水袋，停半天，喝一口，停半天，喝一口。一边慢条斯理、细吹细打地喝着，一边与我们聊着不痛不痒的闲天。其情景，就仿佛激情过后的温情脉脉的爱抚和回味。那一刻，就连在一旁看着的我，都不禁暗自感慨："享受啊！真享受啊！"而享受着这一刻的张三，一扫脑梗病人的苦恼、抑郁、沮丧和愤懑，面目表情那么安详，那么惬意，那么陶醉，充满了难以言表的满足和喜悦。而且，我惊讶地发现，他这时候说话也不结巴、不含糊了，口齿伶俐、吐字清晰，语言既连贯又流畅，就像说快板书、唱二人转的一样。望着他的这种变化，一时间我甚至怀疑，那个让他戒酒的医生犯了一个严重的错误。

也就是在这种情境中,我问了那个我一直关心的问题。我指着宋河酒的黄铁盒:"你这个酒哪儿买的?"张三说在医院对面的超市里。超市里,你知道,一架架、一排排的都是酒,而且五花八门、琳琅满目,要什么酒有什么酒。而这,就是我的问题所在了:"你在那么多酒中,最终拿了这个酒。是特意挑的,还是随便拿的?"要知道,这也许真是,张三在这世上喝的最后一瓶酒。我太想太想知道,是什么样的缘由和情感,使得他选择了这瓶酒。

没想到,这一问,竟令张三愣了愣,就仿佛,他从没想过这样的问题。寻思了一会儿,他才说:"实际上,也不是特意挑的,也不是随便拿的。"他之所以放着那么多酒不拿,单单拿了这瓶酒,应该说完全是——用他的说法——"一种习惯"。

为啥这么说呢?张三说,因为他结婚的时候,用的就是宋河酒。那时间,郑州正兴喝宋河,人们办事待客啥的,用的都是这个酒。而他,纯粹是随大溜,便也用了这个酒。后来他生孩子、做满月,用啥酒呢?想到结婚时用的宋河酒,亲朋好友喝了都说这酒中,当时皆大欢喜的场面至今还在记忆中,走三家不如守一家,便仍沿用了这个酒。就这样,一回生,二回熟,三回就是好朋友,这个宋河酒成了他人生的知交和莫逆。再后来,他的父母过六十大寿,他的孩子考上重点中学,他的国家成功举办了奥运会和世博会,他的河南老乡刘洋飞向了太空……几乎每一个对他有意义的、需要把酒当歌高兴一番的日子,喝啥酒呢?妥了!

完全是习惯使然、自然而然,他都会捎上几瓶宋河。这种选择,完全是不由自主、不假思索的,就仿佛鬼使神差一般,就仿佛别无选择一般。

当然,张三说,宋河是好酒,他们两口子都是下岗工人,他现在在一个工程队开铲车,他老婆给交警当协管员,他平时是喝不起这么好的酒的,他平时喝的都是最低廉的"老村长"。只有在最值得铭记、值得纪念、值得庆贺的日子里,他说,他才让自己喝一回这样的好酒。实际上,即使是在这种日子里,他喝的也是那种红纸盒的宋河,而不是这种黄铁盒的。那种,要比这种黄铁盒的便宜得多。而今儿个,他笑道,不是最后一回了么。对于一个喝宋河的人,这种奢侈的黄铁盒,无疑是一个美好的梦想。既然——他说——是最后一回了,他说什么也要把这梦想变成现实。说着,他双手握杯,又咂了一口酒,并且,一边慢慢、细细咂磨着酒,一边用叹息般的声音说了声:"好酒!"

张三说,他曾写过一副对联。这货,一个开铲车的,居然会写而且写过对联。他说,他不仅酒瘾大,而且烟瘾也大。当然,抽烟他也抽不起好烟,都是抽的一种叫"大公字"的雪茄烟。如今,由于廉价和劣质,这种烟已经难得一见、很难买到了。他说,他的上联是"宋河酒长有",下联是"公字烟不断",横批就俩字——"可得"。可得,是我们郑州方言,就是非常舒服、非常惬意的意思,就是此生拥有、别无他求的意思。

这个按说只是一件小事,但是一直以来,我却常有冲动,想将之写成一篇文章。我是这样想的——一瓶酒,当人们想纪念些什么、庆贺些什么、告别些什么的时候，能够第一个想起它，那么多酒不拿只拿它，我要是这瓶酒，我会感到欣慰、感到满足、感到骄傲、感到自豪的。

二叔的哲学

二叔并非我的亲二叔，而是一门拐弯抹角的穷亲戚。

虽然二叔已经去世多年了，但是他在生时的开朗乐观、健康向上，至今仍烙印在我的脑海里。其中印象最深的是那时二叔家虽穷，他却偏偏有个吃香喝辣的嗜好，堂堂一个大老爷们儿从不思谋如何挣钱养家，整日琢磨的尽是肉字儿和酒字儿。

二叔那时虽是国营厂机修工，每月有二三十块钱工资，二婶却是个什么收入都没有的家庭妇女，下面还有四个吱哇乱叫的儿女。以那年月消费水平，换个精打细算的家庭，二三十块维持个六口之家，紧虽紧巴点儿，却也不至于揭不开锅。但是情况在二叔家就不同了。由于二叔是全家的经济支柱，工资理所当然都由他掌握和支配，而他压根儿就不是那"过日子"的人，所以人们总是看到他上半月率全家大吃大喝，动不动朝家里整个扛猪头，全巷都能闻到他家煮肉的味儿，下半月却不得不把裤腰带紧到最后一个眼儿，举家吃红薯喝稀汤，甚至就连红薯稀汤都不是顿顿有。

许多人都因为"穷"字儿而降身辱志，但是二叔正相反，穷困从来不曾泯灭过他的人生追求，越是没钱他越要折腾着吃折腾着喝。他最惯使的法儿是卖。那年月国营单位有个好传统，逢年过节工会都要关心一下困难职工，二叔是厂里的特困户，每逢年节都能得到单位救济的米和面，但每次都是单位的人前脚走，他后脚就把米面变卖成了酒和肉，提前就把年节给过了。实在没什么可卖了就是借，见谁问谁："你兜里有没有五块钱？"而且基本都是有借无还，弄得所有认识他的人见了他都躲。尽管是借钱吃喝但是二叔却从来不悭吝，不论何时与三朋四友喝酒都是他掏钱，谁跟他抢他跟谁急，甚至借我爸的钱请我爸喝酒这样的事情在他身上都发生过。

由于年复一年的与酒为伴，二叔四十来岁就中了酒精的毒，每天早晨一睁眼就得先喝半斤酒，六瓶一箱的酒最多喝两天，到点儿不喝手就把报纸哆嗦得哗哗响，终于在五十岁那年被诊断为患了肝硬化。为了不使二叔的病情加剧，二婶跟他们家附近所有酒馆都打了招呼，谁也不许再把酒肉卖给他，谁要是再卖她就跟谁翻脸。有个把这话当了耳旁风的酒馆老板真的被她抓了一脸血道子。二叔在人们的督促下终于把酒给戒了，然而出人意料的是戒了酒的二叔病情不仅没好转，反而更加恶化了，就好像一个大烟鬼你一旦把他烟掐了就等于要了他的命一样。没办法人们只得听任他继续喝下去。就这样二叔在沉寂数月后重又回到了酒馆里，重新回来的他满面都是春风，不论见了谁都笑呵呵地吹，他要"先断气儿后断酒"。

二叔死于肝癌，终年五十一岁。医院确诊他患了肝癌后，原拟为他做手术，但医生破开膛以后，什么都没做立刻又给他缝上了，因为癌细胞已经全部扩散了。家人得知这一噩耗全都哭得泪人样，没想到二叔丝毫也不哀伤，反而笑呵呵道："哭什么？'爹娘活着给个糖，胜过死后祭猪羊'，你们若是真疼我现在就给我买酒去。"他死后未给妻儿留下任何遗产，只留下一堆赊欠酒馆的酒账。

曹操煮酒论英雄，李白斗酒诗百篇，自古"酒"字儿似乎只有与建功立业联系在一起，才会得到人们的赞许和吟诵。二叔一生没有任何功业，他就只是一个最最寻常的老百姓，就只是一个俗话常说的"酒迷瞪"，但我却在心底一直铭记着他笑呵呵的模样。他的那种一生身处窘境困境，但却从不气馁从不绝望，从不放弃对生命质量的执着追求的精神，至今仍然影响、改造着我的人生。